Heinrich Heinemann

Auf glatter Bahn : Lustspiel in vier Aufzügen

Heinrich Heinemann

Auf glatter Bahn : Lustspiel in vier Aufzügen

ISBN/EAN: 9783744637039

Hergestellt in Europa, USA, Kanada, Australien, Japan

Cover: Foto ©Andreas Hilbeck / pixelio.de

Weitere Bücher finden Sie auf **www.hansebooks.com**

Auf glatter Bahn.

Luſtſpiel in vier Aufzügen

von

Heinrich Heinemann.

Reg. London Stat. Hall.

Berlin 1888.

Perſonen.

Baron Ulrich von Knorr.

Ottonie, ſeine Frau.

Egbert,
Hilda, } deren Kinder.

Graf Marberg, Hilda's Mann.

Friedrich Gotthard, Stadtrath.

Sophie, ſeine Frau.

Lucie, deren Tochter, Egbert's Braut.

Baron Anaſtaſius von Knorr, Majoratsherr, Ulrich's
      Bruder.

Rittmeiſter von Kalbeck.

Baron Feldau.

Baronin Feldau.

von Herbold.

von Roltmann.

Anton Prätorius, Cantor und Organiſt in Haſſelrode.

Margarethe, ſeine Frau.

Suſanne, deren Tochter.

Profeſſor Zanetti, Violin-Virtuoſe.

Müller, Student.

Gſchundner, Literat.

Johann, Diener bei Baron Ulrich.

Thomas, Bedienter des Grafen Marberg.

Runge, Gotthard's Diener.

Erſter
Zweiter } Lohndiener.

Hochzeitsgäſte.

Scene: Die Hauptſtadt. — Zeit: Die Gegenwart.

1*

Erster Aufzug.

(Bei Baron Ulrich. Die Bühne stellt einen an den Seiten geschlossenen Salon dar, durch dessen in der Mitte offenen Bogen man in einen zweiten Salon, und von diesem in einen dritten sieht. Der vordere Raum ist durch einen brennenden Kronleuchter erhellt und vornehm — ohne Luxus — ausgestattet; rechts und links eine Seitenthür. Im Vordergrunde rechts ein Divan und mehrere Fauteuils; links ein Etablissement von Sopha, Tisch und Stühlen. Etwas weiter nach hinten rechts und links kleinere Etablissements. Im Mittelsalon ein Runddivan. Teppiche, Gemälde u. s. w.)

(Rechts und links vom Zuschauer aus.)

1. Auftritt.

(Beim Aufgehen des Vorhangs hört man von der Seitenthür rechts her die laute Unterhaltung, das Gläserklingen und Rücken der Stühle einer eben von der Tafel sich erhebenden Gesellschaft. Diese Unterhaltung dauert bis zum vierten Auftritt fort, entfernt sich aber während dieser Zeit mehr und mehr nach hinten, wird schwächer und verstummt nach und nach. Sobald der Vorhang in die Höhe gegangen ist, treten auf, in den Lärm hineinsprechend) **Johann** (aus der Seitenthür links).

Erster Lohndiener (aus der Seitenthür rechts).

Johann (graues Haar, in Livrée, eilt mit einem Tablett voll dampfender Mocca-Tassen auf die Seitenthür rechts zu).

Erster Lohndiener (im Frack und weißer Cravatte, ihm entgegen). Johann, eine Flasche Champagner!

Johann. Für wen?

Erster Lohndiener. Ich kenne den Herrn nicht. Er sitzt unten links.

Johann. Champagner wird nicht mehr gereicht. (Er will rechts ab.)

Erster Lohndiener (hält ihn). Das kann ich ihm doch nicht sagen.

Unverkäufliches Manuscript.

Johann. Der Herr Baron hat den Rest eingeschlossen.

Erster Lohndiener. Das kann ich ihm auch nicht sagen.

Johann. Sagen Sie, er wäre kalt gestellt. (Schnell in die Seitenthür rechts ab.)

Erster Lohndiener (während er auf die Seitenthür links zugeht, verächtlich). Powre Hochzeit!

2. Auftritt.

Erster Lohndiener. **Zweiter Lohndiener** (aus der Seitenthür links).

Zweiter Lohndiener (im Frack und weißer Cravatte, bringt eilig mehrere Cigarrenkisten und geht damit auf die Seitenthür rechts zu). Hier sind die Importirten — bringen Sie Licht.

Erster Lohndiener (in die Seitenthür links ab).

Zweiter Lohndiener (öffnet, so wie er allein ist, schnell die oberste Kiste und riecht hinein). Die scheinen echt zu sein. (Greift eine Hand voll Cigarren heraus und steckt sie in die Fracktasche.)

3. Auftritt.

Zweiter Lohndiener. Johann (aus der Seitenthür rechts. Gleich darauf) **Erster Lohndiener** (aus der Seitenthür links).

Johann (zum zweiten Lohndiener). Carl, Kaffee serviren — schnell! Die Gesellschaft geht in's Musikzimmer. (Eilig auf die Seitenthür links zu.)

Zweiter Lohndiener. Ich will nur die Importen —

Erster Lohndiener (tritt aus der Seitenthür links mit zwei brennenden Leuchtern und einer Visitenkarte). Es wünscht Jemand den Herrn Baron zu sprechen. Hier ist die Karte.

Johann (nimmt dem ihm begegnenden ersten Lohndiener die Leuchter und die Visitenkarte ab). Geben Sie her. (Liest, während er geht). Gschundner — Schriftsteller? (Zurück in die Seitenthür rechts.)

Zweiter Lohndiener (dem ersten Lohndiener die Cigarrenkisten gebend). Tragen Sie hinein. (Rasch ab, Seitenthür links.)

Erster Lohndiener (allein; öffnet die oberste Kiste und nimmt eine Hand voll Cigarren heraus). Importen? — Keine Idee — einfacher Export. (Steckt die Cigarren in die Fracktasche und geht in die Seitenthür rechts ab.)

(Während dieser Scenen, die sehr schnell zu spielen sind, hat sich die Gesellschaft hinter der Bühne nach und nach entfernt, und es tritt jetzt

Stille ein. Im dritten Salon gehen während des folgenden kurzen Auftritts einige Damen in Gesellschaftstoilette, ohne sich aufzuhalten, von rechts nach links über die Bühne.)

4. Auftritt.

Gschundner. Zweiter Lohndiener (aus der Seitenthür links).

Zweiter Lohndiener. Belieben Sie nur hier einzutreten, mein Herr. Gemeldet sind Sie.

Gschundner (Im Alltagsanzuge, mit Hut). Hat der Baron Gesellschaft?

Zweiter Lohndiener. Es ist die Hochzeit der Baronesse.

Gschundner. Hochzeit?

Zweiter Lohndiener. Die Herrschaften sind soeben vom Diner aufgestanden.

5. Auftritt.

Vorige. Baron Ulrich (aus der Seitenthür rechts).

(Zweiter Lohndiener geht in die Seitenthür links ab.)

Gschundner (sich verbeugend). Ergebener Diener, Herr Baron. Ich höre zu meinem großen Bedauern, daß ich ungelegen komme —

Ulrich (mit der ihm von Johann übergebenen Visitenkarte; kühl). Was wünschen Sie?

Gschundner. Ich bin Mitarbeiter der Reichs-Zeitung, Herr Baron. Chef-Redakteur Scherenberg schickt mich zu Ihnen —

Ulrich. Ja, ja, ich weiß — ich habe ihm mehr versprochen, als ich gehalten. Ist die Sache so eilig?

Gschundner. Ich glaube, man hat für den morgenden Leitartikel auf Sie gerechnet, Herr Baron.

Ulrich. Das geht nicht — ich hatte in diesen Tagen Anderes zu denken. Auch scheint mir der Gegenstand so ziemlich erschöpft — wenigstens fehlt es mir zur Zeit an neuen Gesichtspunkten —

Gschundner. Auf die kommt es uns weniger an, Herr Baron. Die Hauptsache ist, daß das Thema in Fluß bleibt, unsere Gegner durch neue Angriffe geschwächt werden.

Ulrich. Man sollte ihnen Zeit zur Vertheidigung lassen.

Gschundner. Darauf warten wir vergeblich, Herr Baron. Die drei Artikel aus Ihrer Feder haben die Herren kopflos gemacht. Man wagt von keiner Seite, mit uns anzubinden.

Ulrich. Im „Tagesboten" las ich etwas —

Gschundner (lächelnd). Dieser schüchterne Versuch einer Erwiderung steht schon im Tone so tief unter unserer Vornehmheit, daß wir ihn nicht bemerken dürfen. Das Blatt hat seine Verwegenheit mit einem Verluste von 1100 Abonnenten gebüßt.

Ulrich. Die Sie gewonnen haben?

Gschundner. Das nicht — aber wir sind mit diesem relativen Resultate sehr zufrieden.

Ulrich. Nun gut — sagen Sie dem Herrn Redakteur ich würde ihm morgen die versprochene Fortsetzung zustellen. Heut nimmt mich die Hochzeit meiner Tochter in Anspruch —

Gschundner. So höre ich. Wenn Sie gestatten, bringen wir die interessante Mittheilung unter „Städtisches" — (er zieht sein Notizbuch hervor).

Ulrich. Aber nur diskret. Sie wissen, ich vermeide gern jedes Geräusch —

Gschundner (schreibt). Eine einfache Notiz im vornehmen Style unseres Blattes — (Liest.) „Heut fand die Vermählung der Baronesse —?" (Sieht ihn fragend an.)

Ulrich. Hilda.

Gschundner (schreibt und liest). „Hilda von Knorr mit —?" (Sieht ihn wieder an.)

Ulrich. Graf Marberg.

Gschundner (schreibt und liest). „Dem Grafen Marberg statt. Das junge Paar begab sich unmittelbar nach der Trauung auf die Hochzeitsreise nach —?" (Sieht ihn abermals an.)

Ulrich. Paris. Aber nicht unmittelbar nach der Trauung

Gschundner (indem er das Notizbuch einsteckt). Das thut nichts, Herr Baron — es ist der Styl unseres Blattes. Und wegen der Artikel „Die Tyrannei des Kapitals" —?

Ulrich. Bleibt es bei meinem Versprechen.

Gschundner (sich verbeugend). Meinen verbindlichsten D·

Ulrich (ihn verabschiedend). Adieu. (In die Seitenthür rechts)

Gschundner. Ich habe die Ehre, Herr Baron. (Ab Seitenthür links.)

6. Auftritt.

Graf **Marberg.** Egbert (Arm in Arm, Cigarren rauchend, aus dem zweiten Salon von rechts).

Egbert. Glaube mir, mein lieber Eustach, Du hast als Ehemann von drei Stunden darin noch keine Erfahrung.

Marberg. Und Du, als zärtlicher Bräutigam, noch weniger.

Egbert. Meinst Du? — Ich bin nicht so harmlos wie Du. Ich sage Dir, es ist und bleibt ein Fehler, unsere früheren Herzensverirrungen der Frau auszuplaudern.

Marberg (indem er sich links setzt). Du sprichst wie ein Alter. — Aufrichtigkeit ist doch Nummer eins der ehelichen Pflichten?

Egbert (sich zu ihm setzend). Du wirst diese Pflichten bald anders nummeriren.

Marberg. Ich sollte ein Geheimniß daraus machen, daß ich vor ihr schon einen schönen Weibermund geküßt habe?

Egbert. Wenn's nur einer gewesen wäre! Aber es waren ihrer mehrere, mein Junge.

Marberg. Meinethalben mehrere. Hast Du es nicht gethan? Sind nicht unzählige Junggesellen die gleichen gewesen, und die glücklichsten Ehemänner geworden?

Egbert. Weil sie klug genug waren, zu schweigen. Vergiß nicht, daß sich die Unschuld einer Frau in unserer eigenen spiegelt.

Marberg. Nun ja, Du bist mit einem Kinde verlobt, das in der Welt nur Heilige sieht. Warum solltest Du ihr auch diese Illusion rauben? Deine Lucie würde Dich garnicht verstehen.

Egbert. Ach, lieber Junge, die Weibsen haben für diese inneren Angelegenheiten einen so feinen Instinkt. Sie verstehen es — sie verstehen es Alle. — Ich habe es erfahren. Neulich, in einer Dämmerstunde — am traulichen Kamin —

Marberg. Da bist Du aufrichtig gewesen?

Egbert. Leider. Es war nur eine Kleinigkeit. Ein silbernes Herzchen, das ich einst verschenkt hatte —

Marberg. Nur ein silbernes? Pah!

Egbert. Jawohl — aber es reichte gerade hin, Lucien für drei Tage zu verstimmen.

Marberg (lächelnd). Ich glaube nicht, daß dergleichen auf Hilda großen Eindruck machen würde.

Unverkäufliches Manuscript.

Egbert. Meine Schwester? — Sie kratzte Dir noch in den Flitterwochen die Augen aus!

Marberg. Du eröffnest mir ja eine recht erfreuliche Perspektive.

Egbert. Aus Besorgniß für Dein künftiges Wohl.

Marberg. Hilda ist doch ein Engel?

Egbert. Wäre sie sonst meine Schwester? — Aber das muß ich Dir sagen, obgleich sie meine Schwester ist: Ein Kind wie Lucie ist sie nicht — — und würde Dich vielleicht besser verstehen, als Dir erwünscht wäre. Also profitire von meiner Erfahrung.

Marberg. Nun gut, Du sollst Deine Freude an mir haben. Ich werde die Unschuld eines Säuglings markiren. — Uebrigens bin ich Dir sehr dankbar, daß Du (er sieht auf die Uhr) zwei Stunden vor meiner Hochzeitsreise an meinen ehelichen Frieden denkst.

Egbert. Willst Du wissen, weshalb?

Marberg. Nun?

Egbert. Weil mir bei Tafel von allen Seiten ein Thema in die Ohren klang, das seit gestern Tagesgespräch ist —

Marberg. Der Proceß Duvallet —

Egbert. Nun ja — da wird man besorgt.

Marberg (lächelnd). Lieber Freund, diese alten Geschichten interessiren mich nicht mehr. Das sind verjährte Abenteuer.

7. Auftritt.

Vorige. Müller (aus dem zweiten Salon von rechts).

Müller (zu Marberg). Hier sind Sie ja, lieber Graf. (Zu Egbert.) Herr Baron, Ihr Fräulein Braut hat mir soeben ein Vielliebchen abgewonnen.

Egbert. Mensch, Sie ruiniren sich noch mit ihren Vielliebchen.

Müller (zu Marberg). Da ich Sie späterhin vielleicht nicht mehr zu Gesicht kriege, Herr Graf — — wann, glauben Sie wohl, werden wir unsere musikalischen Abende wieder aufnehmen?

Marberg. Gleich nach meiner Rückkehr.

Müller (schüchtern). Sie reisen — wir sind ja hier unter uns Männern — — Sie reisen nach Paris?

Marberg. Mit dem 10 Uhr-Zuge.

Müller (drückt ihm zärtlich die Hand). Reisen Sie glücklich!

Marberg (lächelnd). Danke, lieber Müller. — Sie sagen das so gefühlvoll —

Müller (setzt sich zu ihnen; mit einem Seufzer). Ach! Ich kann mich in Ihre Seele hinabdenken.

Marberg. Hinab?

Müller. Ich meine, bis auf den Grund. — Bitten Sie den Himmel um Frostwetter — und ich folge Ihrem Beispiel.

Marberg. Frostwetter?

Müller. Vorige Nacht hat es gethaut — und meine Hoffnungen stehen unter Wasser.

Marberg. Was für Hoffnungen?

Müller. Ich bin ihr beim Schlittschuhlaufen begegnet. Gestern endlich gelingt mir eine Annäherung — heute wollte ich mich erklären — — und nun spült uns das Thauwetter auseinander!

Marberg. Wem — wem sind Sie begegnet?

Müller. Das ist ja das Einzige, was ich nicht weiß. Einem Mädchen — — einer Eisblume! Nur ein Paar Grad Kälte, und ich bin glücklicher Bräutigam.

Marberg. Erzählen Sie doch —

Müller. Seit drei Tagen sehe ich eine unbekannte Grazie über die Bahn schweben. Magnetisch zieht es mich hinter ihr her — aber meine akademische Schüchternheit verschließt mir den Mund. Gestern bin ich ihr in vollem Laufe wieder dicht auf den Fersen. Sie muß es bemerkt haben — denn plötzlich dreht sie mir mit einer pfeilschnellen Wendung ihr Gesicht zu, und setzt ihren Lauf rückwärts fort. Auf diese schnelle Wendung aber war ich nicht vorbereitet — ich fliege in stürmischer Hast auf sie zu, und wir fallen Beide zu Boden. Nun hatte ich einen Anknüpfungspunkt. Ich stand auf, um ihr meine Hand zu reichen. Sie nahm sie nicht — aber eine glühende Röthe überflog ihr Gesicht. Mit einem Blick, aus dem die lieblichste Verzeihung sprach, eilte sie zur Bank, um sich zu entfernen. Ich stammle tausend Entschuldigungen — sie erwidert nichts. Ich rede, ich frage — sie bleibt stumm. Ich bitte zum Zeichen der Verzeihung um einen Händedruck — vergebens. Da stürze ich vor ihr nieder, löse ihre Schlittschuhe und drücke ihre Füßchen an mein Herz. Das rührte sie — — denn als ich sie zum Abschied fragte: „Sehen wir uns morgen wieder?" entfernte sie sich rasch — aber in ihren Augen las ich ein verschwiegenes Rendezvous.

Marberg. Wenn Sie nur richtig gelesen, Müllerchen!

Müller. Begreifen Sie nun, wie boshaft dieses Thauwetter gegen mich auftritt? — Ich muß sie wiedersehen — und
ich ruhe nicht, bis ich sie gefunden habe.

8. Auftritt.

Vorige. Hilda, Lucie (aus dem zweiten Salon von rechts).

Lucie (auf Egbert deutend, leise). Da ist er, Hilda.

Hilda (mit einem Bouquet aus weißen Rosen; heiter). Egbert
— brüderliche Seele! Nimm Dich dieser Kleinen an. Wenn
sie fünf Minuten ohne Dich ist, girrt sie Dir nach wie ein ver-
flogenes Täubchen.

(Egbert, Marberg, Müller sind aufgestanden; Marberg ist auf Hilda,
Egbert auf Lucie zugegangen.)

Lucie (verschämt). Hilda!

Egbert (ihre Hand fassend). Meine gute Lucie!

Lucie (zu Egbert). Ich habe Dich gesucht.

Hilda (Marberg's Arm nehmend). Diese Verliebten sind un-
genießbar, Eustach. Komm', wir isoliren sie.

Marberg (zu Egbert und Lucie, mit komischer Würde). Wenn
Ihr Mann und Frau seid, werdet Ihr hoffentlich gesetzter werden.
Adieu! (Er wendet sich mit Hilda der Mitte zu.)

Egbert (Lucie's Arm nehmend). Wo wollt Ihr hin?

Hilda. In's Musikzimmer. Zanetti wird ein Concert von
Spohr spielen. (Sie gehen.)

Egbert (will mit Lucie folgen). Nehmt uns mit. Wir sind
ja ganz artig.

Hilda (lachend). Ihr seid zu unruhig. (Mit Marberg plaudernd
durch den zweiten Salon nach rechts ab.)

Lucie (bleibt stehen). Laß uns nur hier bleiben. Du ver-
stehst ja nichts von Musik.

Egbert. Erlaube — spiele ich nicht Clavier?

Lucie. Einen Walzer, den Du geerbt hast. (Sie gehen
plaudernd nach hinten.)

Müller (im Vordergrunde, den Paaren nachblickend, für sich).
Das mitansehen zu müssen! — (Seufzend.) Und dazu Thauwetter! (Er folgt den Uebrigen.)

9. Auftritt.

Vorige. Ulrich, Anastasius (aus der Seitenthür rechts).

Anastasius. Ich setze mich hier still in ein Eckchen, Ulrich. Ich bin wirklich müde. (Er geht nach links hinüber, setzt sich in's Sopha und schließt die Augen.)

Lucie (war im Begriffe, mit Egbert durch den zweiten Salon nach rechts abzugehen, sieht jetzt Ulrich, läßt Egbert's Arm los, und kommt nach vorn). Einen Augenblick, Egbert.

Müller (ist inzwischen zu Egbert getreten, und spricht mit ihm).

Lucie (zu Ulrich, leise, mit sanftem Vorwurf). Warum haben Sie in Ihrer Tischrede die häßliche Anspielung auf Papa gemacht!

Ulrich (Cigarre rauchend). Was denn, Mäuschen?

Lucie (leise). O, ich habe Sie verstanden — — und wohl bemerkt, wie es Papa's Gesicht durchzuckte. Das war nicht recht, Schwiegerpapa.

Ulrich (stellt sich überrascht). Aber liebes Kind —

Lucie (wie oben). Papa ist so gut. Daß er Ihnen keine adlige Schwiegertochter zubringt, dürfen Sie ihm doch nicht zum Vorwurf machen? — Nein — das war nicht hübsch, Herr Baron Schwiegerpapa. (Geht nach hinten und nimmt Egberts Arm.)

Egbert (leise zu Lucie). Was hast Du ihm gesagt?

Lucie (leise). Du würdest mit der Zeit noch ein ganz vernünftiger Mensch werden. (Geht mit Egbert durch den zweiten Salon nach rechts ab.)

Müller (folgt den Beiden).

Ulrich (Lucie nachblickend, dann für sich). Die Leute sind merkwürdig empfindlich.

Anastasius (schläfrig, mit geschlossenen Augen). Ich freue mich, Ulrich, daß wir wieder einmal beisammen sind.

Ulrich (setzt sich rechts in den Divan und raucht). Leider ohne die Deinigen.

Anastasius (wie oben). Nun ja, meine Fides wäre gern gekommen — aber die drei Mädchen — mit Hochzeitsstaat — denke doch die Ueberfracht! — Und dann werden sie bei jeder Trauung so nervös —

Ulrich. Wieso?

Anastasius. Weil's nicht ihre eigene ist. — Du hast's gut. Die Kinder versorgt —

Ulrich. Dein Majorat wäre mir lieber.

Anastasius. Du hast doch zu leben?

Unverkäufliches Manuscript.

Ulrich. Jetzt geht's. Ich habe Marberg die obere Etage für zehntausend Mark überlassen.

Anastasius (müde). Die kostete doch sonst nur vier= tausend —?

Ulrich. Er wollte nicht billiger wohnen. Es ist eben ein Cavalier. — Ich habe die Kinder gern im Hause. Das Geld ist mir Nebensache.

Anastasius (einschlafend). Hm.

Ulrich. Wundert Dich das? — Ich sage Dir, ich hasse den Mammon. Ueber Egbert's Wahl bin ich außer mir. Das Attachement an die Stadtrathsfamilie ist mir ein Greuel. Diese Geldsäcke nisten sich in den Adel ein, und man wird ihr bürger= liches Parfüm nicht mehr los. Der Junge hat sich fangen lassen. Er folgt eben dem Zuge der Zeit. Die ganze heutige Gesell= schaft ist ja vom Geldfieber erfaßt. Ein Fall, wie dieser Prozeß Duvallet, ist für unsere Kreise geradezu beschämend —

10. Auftritt.

Vorige. Gotthard (aus der Seitenthür rechts).

Anastasius (schläft).

Gotthard (ohne auf Anastasius zu achten). Die Herren streiten auch über Madame Duvallet?

Ulrich. Nicht im Mindesten. Wir sind ganz einer Meinung. Ich sage eben: einen Mann wie Duvallet, einen Aristokraten vom Scheitel bis zur Sohle, der zur vornehmen Welt die intimsten Beziehungen hatte — einen solchen Mann vor dem Scharf= richter — (sich verbessernd) Strafrichter zu sehen, ist eine pein= liche Sache.

Gotthard (setzt sich rechts in einen Fauteuil). Nun, er ist ja nicht angeklagt, sondern seine Frau.

Ulrich. Gleichviel — seine moralische Existenz ist ver= nichtet. Uebrigens steht es für mich fest, daß die Dame sehr scharf controllirte, wer ihren schönen Töchtern mit besonderem Nachdruck die Hand küßte, und daß ihre Correspondenz mit diesen Cavalieren nur den Zweck der Erpressung hatte.

Gotthard. Wie erklären Sie sich das?

Ulrich. Sehr einfach. Aufwand und Mittel standen in keinem Verhältniß. Die heutige Sucht nach Luxus und Wohl= leben erzeugt eine Parforcejagd nach Reichthum —

Gotthard. Die Jagd nach Reichthum, lieber Baron, ist so alt wie die Welt — und der ehrliche Jäger braucht sich ihrer nicht zu schämen. Wenn Sie im Falle Duvallet, der ja Gottlob vereinzelt dasteht, ein Zeichen der Zeit erblicken wollen, (lächelnd) so sprechen Sie ganz im Geiste jenes famosen Artikelschreibers der „Reichs-Zeitung", der fortgesetzt über unsere Wohlhabenheit jammert, und mich mit seinen Tiraden von der „Tyrannei des Kapitals" schon mehr als einmal belustigt hat.

Ulrich (mit verbissenem Zorn). So? Hat er das?

Gotthard (lachend). Wahrhaftig, diese Auslassungen könnten Wort für Wort in einem Witzblatte abgedruckt werden, ohne im Geringsten an Wirkung zu verlieren.

Ulrich (wie oben). Meinen Sie? — — (Für sich.) Na warte, das will ich Dir eintränken. — (Laut.) Vielleicht haben Sie Recht. Die Sache verliert allerdings an Bedeutung, wenn man in Betracht zieht, daß Frau Duvallet bürgerlicher Herkunft ist — und sich das Ganze als die traurige Folge einer mésalliance darstellt. (Mit Betonung.) Vor gewissen Eventualitäten ist man in unseren Kreisen eben durch das Wappen geschützt.

Gotthard (nach einer kleinen Pause; fein). Sie thun nicht wohl, Herr Baron, Vorrechte der Geburt zu betonen in einem Augenblicke, wo wir im Begriffe stehen, etwa vorhandene Gegensätze durch die Verbindung unserer Kinder zu versöhnen. Ihr Herr Sohn ist ein vortrefflicher Mensch —

Ulrich (stolz). Er ist eine Perle.

Gotthard. Zweifellos. — Aber auch ich habe für die Erziehung meines Kindes Alles gethan. Gleichwohl würde ich — als Vater — es dem zukünftigen Gatten überlassen, sie als Perle zu bezeichnen — (zum schlafenden Anastasius) nicht wahr, Herr Majoratsherr?

Ulrich. Sie werden mir nicht verwehren, meine Kinder für Perlen zu halten. Es sind Perlen —

Gotthard. Mein lieber Baron! Auch die edelste Perle bedarf einer Fassung. Wie sie durch diese erst zum Schmucke wird, der Auge und Herz erquickt, so zeigen auch Mann und Frau erst in der Ehe ihren Werth. Sie sind nur Perle und Fassung — — der eine nichts ohne den anderen.

Ulrich. Dann wundert mich nur, daß Sie die Fassung Ihrer Tochter so beharrlich verzögern?

Gotthard. Mein Kind ist noch jung —

Ulrich. Und die Zinsen des Kapitals sind nicht zu verachten —

Gotthard. Die Zinsen kommen wieder zum Kapital.

Ulrich. Nun ja — Sie werden das schon herausrechnen.

Gotthard. Wie meinen Sie das?

Ulrich. Nichts, nichts — ich schone Ihre Empfindlichkeit.

Gotthard. Davon merke ich nichts. — Ich werde mich unter solchen Umständen doppelt besinnen —

Ulrich. Besinnen Sie sich nur. Aber verlieren Sie nicht die Besinnung, wenn die Verlobung zurückgeht. Ich habe nichts dagegen.

Gotthard. Sie scheinen zu vergessen, daß nicht wir uns heirathen sollen, sondern die Kinder.

Ulrich. Nun, die Eltern heirathen sich gewissermaßen mit — und ich gestehe, daß ich es in diesem Falle für kein Glück ansähe, wenn —

Gotthard (steht auf; ruhig). Oh, ich begreife. — Nun wohl, versuchen Sie, Ihren Sohn meinem Kinde zu entfremden — aber verlangen Sie nicht von mir, daß ich einem Vorurtheil zu Liebe die Hand dazu biete. — Was mich betrifft, so gebe ich Ihnen die heilige Versicherung, daß sie seine Frau nicht wird ohne Ihre Fürbitte.

Ulrich (der sitzen bleibt). Also nie.

Gotthard (sich zum schlafenden Anastasius wendend). Würden Sie anders handeln, Herr Majoratsherr?

Anastasius (erwacht und steht schläfrig auf). Hier ist es mir zu geräuschvoll. (Er geht durch den zweiten Salon nach links ab.)

11. Auftritt.

Vorige (ohne Anastasius). **Ottonie, Sophie** (Arm in Arm, aus dem zweiten Salon von rechts).

Ottonie (trocknet mit dem Taschentuche ihre Augen).

Gotthard (geht durch den dritten Salon langsam nach rechts ab).

Sophie (zu Ulrich). Alles ist in so fröhlicher Stimmung, Herr Baron — nur Ihre liebe Frau kann sich nicht darüber trösten, daß Ihr Kind Sie heute verlassen wird.

Ottonie (wischt sich die Augen, weich). Ach, so ein Hochzeits= tag hat für mich etwas unendlich Schmerzliches!

Sophie (führt Ottonie zum Divan und läßt sie neben Ulrich niedersitzen). Reden Sie ihr sanft zu.

Ulrich (zu Ottonie, ärgerlich aufstehend). Schluchze doch nicht immer.

Ottonie. Zu meiner Zeit waren die Hochzeitsreisen noch nicht en vogue —

Ulrich. Die Eisenbahnen existirten noch nicht.

Ottonie. Man sah sich am folgenden Tage wieder —

Ulrich. Die Schwiegermutter kam schon des Morgens ganz früh.

Ottonie (trocknet die Augen). Ach, wie ist das Alles jetzt anders geworden. Die heutige junge Welt ist so selbstständig —

Ulrich. Nicht einmal nach Paris nehmen sie einen mit. — Ja, Du hast Recht. Es war früher besser. Im Alterthume gab's noch Klageweiber, die unter coulanten Bedingungen das Jammern übernahmen. Heutzutage ist man auch damit auf sich selbst angewiesen. (Ab Seitenthür rechts.)

12. Auftritt. **137**

Vorige (ohne Ulrich). Hilda (aus dem zweiten Salon von rechts).

Ottonie. Ah, mein Kind, wie schön, daß Du kommst. (Sophien die Hand entgegenstreckend). Ich danke Ihnen, meine Beste.

Sophie (drückt Ottonie die Hand und entfernt sich durch den zweiten Salon nach rechts).

Ottonie (nachdem Sophie sich entfernt hat). Meine Tochter, ich will Abschied von Dir nehmen.

Hilda (geht mit ernster Miene und gesenktem Kopfe auf sie zu und stellt sich mit gefalteten Händen, in denen sie ihr Bouquet hält, dicht vor sie hin).

Ottonie (gerührt). Wenn Du nun an Deinen eigenen Herd zurückkehrst — gönne auch Deiner Mutter ein Plätzchen daran.

Hilda (tröstend). Aber Mama!

Ottonie. Ja, gutes Kind, Du weißt nicht, wie oft der Schwiegermutter verwehrt wird, Mutter zu sein. — Darum sei fest und energisch. In einer glücklichen Ehe muß der Wille der Frau entscheiden — denn ihr Urtheil ist immer das gesundere. Halte nur zu Deiner Mutter, die Du in allen Fragen auf Deiner Seite finden wirst. (Steht auf und fällt ihr weinend um den Hals.) Der Himmel nehme Dich in seinen Schutz!

Ottonie }
Hilda } (liegen einander in den Armen).

13. Auftritt.

Vorige. Ulrich (aus der Seitenthür rechts).

Ulrich (hat mehrere Cigarrenkisten im Arm; die Gruppe erblickend). Allmächtiger! Jetzt schluchzen sie Beide.

Unverkäufliches Manuscript.

Ottonie } (trennen sich).
Hilda }

Ottonie (Hilda die Hand drückend). Beherzige, was ich) Dir gesagt habe. (Geht durch den zweiten Salon nach rechts ab.)

Ulrich. Also leb' wohl, mein Kind — und sei brav. Daß Du glücklich wirst, verbürgt mir Dein Charakter. Sanftmuth und Nachgiebigkeit sind die besten Eigenschaften der Frau. Nur keinen eigenen Willen! Die glücklichste Ehe ist die, wo der Mann herrscht. Unser Blick ist immer der reifere. (Küßt sie.) Adieu — und komm munter wieder. (Ab Seitenthür links.)

Hilda (allein; aufathmend). Gottlob, das wäre überstanden! — Säße ich mit Eustach nur erst im Eisenbahncoupé!

14. Auftritt.

Hilda. Rittmeister von Kalbeck (aus dem zweiten Salon von rechts).

Rittmeister. Sie hier, meine Gnädige? — Das geht nicht mit rechten Dingen zu.

Hilda. Wieso?

Rittmeister. Wissen Sie, weshalb ich mich hierher geflüchtet?

Hilda. Nun?

Rittmeister. Um Ihnen aus dem Wege zu gehen.

Hilda. Mir?

Rittmeister. Ja — Ihnen. Lachen Sie mich aus. Ich kann Sie heute nicht sehen, ohne mich über mich zu ärgern.

Hilda (lächelnd). Das sollen Sie nicht. (Ihm die Hand reichend.) Leben Sie wohl.

Rittmeister (faßt ihre Hand und führt sie zum Divan rechts). Nein — nun will ich meinen Aerger wenigstens genießen.

Hilda (setzt sich in den Divan).

Rittmeister (während er sich neben sie in einen Fauteuil setzt). In einem lauschigen Winkel ein heimliches Wörtchen zu flüstern, ist nämlich 'ne Passion von mir.

Hilda. Ich bin doch neugierig, was Sie mit mir zu flüstern haben. — Oder soll ich vielleicht Jemand anders herdirigiren?

Rittmeister. Sie hören ja, daß ich Ihnen ausgewichen bin. Daraus folgt doch, daß ich Ihnen etwas sagen möchte.

Hilda (lächelnd). Ah so.

Rittmeister. Daß ich keine Passion für Poesie habe,

wiſſen Sie. Dichter mit ſogenannten „überwallenden Empfin=
dungen" verſtehe ich nicht. Ich habe nie daran gelitten.

Hilda (lachend). Das weiß Gott.

Rittmeiſter. Aber heute — — wahrhaftig, ich bin heute
in gehobener Stimmung. — Ihr Anblick — dieſer Kranz —
dieſer duftige Schleier — alle Formalitäten vorüber — ein fait
accompli — — das imponirt mir — das betäubt mich.

Hilda. Ach, gehen Sie. Sie ſind ein geborener Jung=
geſelle — und werden ewig einer bleiben.

Rittmeiſter. Nachdem auch Sie mir verloren gegangen
ſind, fürchte ich es beinahe ſelbſt.

Hilda. Verloren gegangen? — War ich in Ihrem Beſitz?

Rittmeiſter. Es gab Stunden, meine Gnädige, wo es
mir ſo vorkam.

Hilda. Wo Sie ſich's einbildeten.

Rittmeiſter (lächelnd). Hm — — Einbildung und Wirk=
lichkeit decken ſich in dieſem Punkte häufig, meine Gnädige. —
Aber laſſen wir das. Ich komme immer zu ſpät — das weiß ich.

Hilda. So beſſern Sie ſich.

Rittmeiſter. Nie. — Das entzückend zu finden, was ich
verloren habe, iſt 'ne Paſſion von mir.

Hilda. Die Paſſion müſſen Sie ſich abgewöhnen, Herr
Rittmeiſter.

Rittmeiſter. Was Hänschen nicht lernt — —! Ich
kann's nicht. Der ganze Reiz der Liebe liegt für mich im Ge=
heimniß. Habe ich erſt das entſcheidende Wort geſprochen, ſo
iſt der Zauber vorbei.

Hilda. Eine neue Art von Liebe.

Rittmeiſter. Ihnen gegenüber war ich mehr als einmal
in Verſuchung, mein Schweigen zu brechen — — und wie tapfer
habe ich mich gehalten!

Hilda (lachend). Ich bin Ihnen ſehr dankbar.

Rittmeiſter. Aber ich habe Paſſionen, meine Gnädige.
Ich ſammle Erinnerungszeichen an werthvolle Momente meines
Lebens. Und Sie können nicht leugnen, daß es Momente gab,
wo wir uns ſtark für einander erhitzt hatten.

Hilda (kokett). Herr Rittmeiſter!

Rittmeiſter. Was denn?

Hilda. Dergleichen vergißt man doch.

Rittmeiſter. Nun ja — es iſt ja auch glücklich vorüber=
gegangen. — Aber ich ſehe mich im Geiſte als alternder Jung=

2*

geselle in meiner einsamen Klause. Beim Scheine des knisternden Kaminfeuers betrachte ich die vergilbten Blätter einer Rose — und höre mich ganz deutlich sagen: Die hat sie Dir am Hochzeitstage aus ihrem Brautbouquet gepflückt!

Hilda. Ich merke, die Erinnerung stimmt Sie romantischer, als es je die Gegenwart vermocht hat.

Rittmeister. Geben Sie mir ein solches Souvenir, meine Gnädige.

Hilda (zögernd). Aber Herr Rittmeister —

Rittmeister. Nun?

Hilda. Was verlangen Sie!

Rittmeister. Eine Rose zum Andenken.

Hilda. Es ist Ihnen ja nicht halb so ernst damit, wie Sie mich glauben machen wollen.

Rittmeister. So lassen Sie mir doch meine Passion.

Hilda. Ich wette, in einer Stunde haben Sie die Rose nicht mehr.

Rittmeister. Sie werden sie in meinem Nachlaß finden.

Hilda (halb verschämt, halb kokett). Sie sind ein Kind. — Da! (Sie hat aus dem Bouquet eine Rose genommen, die sie ihm in den Schooß wirft, steht schnell auf und eilt nach der Seitenthür rechts.)

Rittmeister (nimmt die Rose, springt auf, und ruft ihr nach). Und Sie sind —

Hilda (sich wendend). Nun?

Rittmeister. Ein Engel.

Hilda (schnell ab in die Seitenthür rechts).

Rittmeister (allein; hebt die Hand mit der Rose gegen die Seitenthür). Den ich aber doch nicht heirathen möchte!

15. Auftritt.

Rittmeister. Egbert (aus dem zweiten Salon von rechts).

Egbert (erblickt den gestikulirenden Rittmeister). Was treiben Sie, Rittmeister?

Rittmeister (wendet sich schnell). Ich?

Egbert. Wem drohen Sie denn?

Rittmeister (verlegen). Drohen? — Meine tägliche Zimmer=gymnastik.

Egbert (geht lächelnd auf den Tisch links zu). So. — Die Herren erwarten Sie zum l'hombre.

Rittmeister. L'hombre ist 'ne Passion von mir. (Geht mit Gestikulationen durch den zweiten Salon nach rechts ab.)

Egbert (allein; am Tische links suchend). Ich hatte meine Cigarre hierher gelegt — ah, da ist sie. (Holt Feuerzeug aus der Tasche, und zündet sie an.)

16. Auftritt.

Egbert. Marberg (aus dem dritten Salon von rechts).

Marberg (lebhaft). Egbert, ich bin reisefertig.

Egbert. Im Frack? (Setzt sich links.)

Marberg (auf's Herz deutend). Ich meine hier. — So ein Kleidungsstück ist bald abgeworfen, mein Junge. Aber was sonst an einem herumhängt! — Ich habe mich von der Baronin Feldau verabschiedet — (setzt sich rechts).

Egbert. Von ihm auch?

Marberg. Nein. Ihm werden künftig nur meine déjeûners fehlen, während ihr —

Egbert. Deine Equipage fehlen wird.

Marberg. Und weiß Gott, was sonst noch Alles! — Aber ich sage Dir, mein Händedruck war Eis — meine Blicke Stein.

Egbert. Und sie?

Marberg. Sie rühmte meinen Charakter.

Egbert (lächelnd). Was bleibt ihr Anderes übrig?

Marberg. Ah, Freund — nun ist mir wohl — nun bin ich im siebenten Himmel! — (Zum eintretenden Johann.) Schon wieder etwas?

17. Auftritt.

Vorige. Johann (aus der Seitenthür links).

Johann (bringt eine Depesche, und einen halben Bogen Concept= papier, der zweimal gefaltet ist, und übergiebt Marberg beide Papiere). Zwei Telegramme, Herr Graf. (Ab Seitenthür links.)

Marberg (hat die Papiere genommen, und öffnet die Depesche). Nimmt dieser Gratulationssegen heute kein Ende? — (Liest.) „Dem jungen Paare die freudigsten Glückwünsche. Tante Fides. Ludwina. Beatrice. Ellen." — (Zu Egbert.) Wer ist das?

Egbert. Eine Tante, und drei liebenswürdige Cousinen.

Marberg. Aha, ich weiß schon — das Majorat. — (Hat das zweite Papier entfaltet, und blickt starr hinein.) Was?! — — (Springt auf, und läuft, das Blatt in der Hand behaltend, umher; außer sich.) Ach, Du grundgütiger Himmel!
Unverkäufliches Manuscript.

Egbert. Was giebt's?

Marberg. Das hat noch gefehlt!

Egbert. Was denn?

Marberg. Das setzt dem Dinge die Krone auf!

Egbert. Rede doch endlich.

Marberg. Ich kann nicht reisen.

Egbert (erstaunt). Wieso?

Marberg (giebt ihm das Papier). Ich bin zu morgen als Zeuge vorgeladen!

Egbert. Zeuge? — (Liest.) „In der Strafsache gegen die verehelichte Jeanne Duvallet wegen Erpressung werden Sie zu Ihrer Vernehmung als Zeuge auf den sechsten Dezember, Vormittags zehn Uhr, vor das Königliche Landgericht —

Marberg (einfallend). Es ist monströs.

Egbert (lächelnd). Du, das ist eine reizende Geschichte.

Marberg. Für mich hat sie weniger Reiz.

Egbert. Das haben sie draußen für ein Telegramm gehalten.

Marberg. Darüber lachst Du?

Egbert. Natürlich — so bleibt's doch unter uns.

Marberg (mit erzwungenem Lachen, ihm das Papier entreißend). Unter uns! Morgen pfeifen es die Spatzen vom Dache!

Egbert (aufstehend). Was hast Du denn auszusagen?

Marberg (aufgeregt). Auszusagen? Garnichts. Was soll ich aussagen? Ich habe die Familie einmal nach Paris begleitet. Weiter kann ich nichts aussagen. Helene Duvallet hat mir damals gefallen. Ich glaubte, sie zu lieben. Meinetwegen habe ich sie auch geliebt. Sonst weiß ich nichts auszusagen. Vielleicht hätte ich sie sogar geheirathet. Aber als die Mutter mir mißfiel, habe ich mich einfach zurückgezogen. Das ist Alles. Aussagen! Aussagen! Ich habe nichts auszusagen.

Egbert. Nun, es ist immer etwas. — Habt Ihr correspondirt?

Marberg. Die Mutter hat mir nie geschrieben und nichts von mir verlangt. Ueberhaupt stehe ich mit der Familie seit jenem Tage in gar keiner Verbindung.

Egbert. Nun, so beruhige Dich doch. Was ist denn da schlimm?

Marberg. Wetter, das fragst Du? Wenn man am Hochzeitstage die Inquisition über mich verhängt?

Egbert. Nun, nun —

Marberg. Wenn ich, statt mit meiner Frau auf den

Boulevards zu flaniren, auf die Zeugenbank geschleudert werde? — Rufe mir, bitte, Hilda.

Egbert. Was willst Du von der?

Marberg. Aufklären will ich sie. Ihr sagen, daß wir nicht reisen können —

Egbert. Na, da haben wir's. — Bist Du von Sinnen? Keine Sylbe darf sie erfahren. Du trittst vergnügt Deine Reise an — und kümmerst Dich um nichts!

Marberg (mit Galgenhumor). Vergnügt! Und werde vergnügt zwangsweise vorgeführt. Oder zu vergnügten sechs Wochen Haft verurtheilt.

Egbert. Wo steht das?

Marberg (ihm das Papier vorhaltend). Hier — gedruckt. Bitte, lies. — Aber das ist Alles Nebensache. Das Schlimmste ist, daß ich überhaupt von der Sache mit Hilda reden muß. (Steckt das Blatt ein.)

Egbert. Ich sage Dir, sie kratzt Dir die Augen aus.

Marberg. Ich werde stillhalten. Ich kann's nicht ändern.

Egbert. Wenn Du mich nur hören wolltest!

Marberg. Da bin ich neugierig. (Wirft sich rechts in den Divan.)

Egbert. Gieb in Gottesnamen Dein Zeugniß ab, wenn Du mußt — und bleib' hier. Reise nicht. Nur hüte Dich, daß Hilda den Grund erfährt. Du kennst sie nicht —

Marberg. Menschenkind, es ist ja öffentliches Verfahren. Ich figurire ja morgen in allen Zeitungen.

Egbert. Wer sagt Dir das? — Ich fahre auf der Stelle zu sämmtlichen Redactionen, und bitte, daß man Deinen Namen verschweigt.

Marberg (schnell auf ihn zugehend). Wenn Du das machen könntest —!

Egbert. Aber natürlich. Die Journalisten haben für so etwas ein Herz.

Marberg. Kann ich mich darauf verlassen?

Egbert. Ja.

Marberg. Nun gut, so will ich Hilda überreden —

Egbert. Bringe sie von der Reise ab. Mache ihr bange vor Paris. Erzähle ihr Greuelgeschichten — nur sprich nicht vom Proceß.

Marberg. Schicke sie mir her. Ich will mein Möglichstes thun. Sorge Du nur für die Zeitungen.

Egbert (ihm froh die Hand schüttelnd). Verlaß Dich auf mich. Wenn Du gescheidt bist, ist die Sache todt. (Schnell ab durch den zweiten Salon noch rechts.)

Marberg (allein). Ein hübsches Vergnügen! — Wie geschaffen für die Flitterwochen. — In meinem Leben habe ich noch keinen Fuß in den Gerichtssaal gesetzt, und gerade in dieser Scandalsache, an dem Tage, wo — — es ist eine allerliebste Bescheerung. — Wenn ich nur erst wüßte, was ich Hilda sage? Die hält mich mindestens für gehirnkrank. Ich muß den Unbefangenen spielen — ich muß — — da ist sie schon.

18. Auftritt.

Marberg. Hilda (aus dem zweiten Salon von rechts.)

Hilda (ohne Bouquet, während sie auf die Seitenthür links zugeht). Ich vermuthe, was Du willst, lieber Eustach. In zehn Minuten bin ich in Reisetoilette und erwarte Dich draußen. (Sie will in die Seitenthür.)

Marberg. Einen Augenblick, mein Schatz.

Hilda (auf ihn zukommend). Noch einen Kuß? Sollst ihn haben. (Sie küßt ihn.) Und nun mach' Dich auch fertig. Es ist Alles gepackt. (Sie will wieder zur Seitenthür links.)

Marberg (bittend). Noch ein kleines Augenblickchen.

Hilda. Später, später. Jetzt haben wir keine Zeit. (Will links ab.)

Marberg. So höre doch nur.

Hilda (an der Seitenthür). Nun?

Marberg (winkt ihr). Komm doch her.

Hilda (kommt zu ihm). Was hast Du denn?

Marberg (sieht sie verlegen an). Was ich habe?

Hilda. Du riefst mich doch.

Marberg (sehr verlegen). Ich?

Hilda (nach einer kleinen Pause — zeigt lächelnd auf ihre Stirn). Bist Du krank?

Marberg (für sich). Na, da haben wir's.

Hilda. Was sagst Du?

Marberg. Mir ist nämlich eben ein großer Gedanke gekommen.

Hilda. Du bist so merkwürdig —

Marberg. Hochzeitsstimmung, liebe Hilda.

Hilda. Was heißt das?

Marberg. Es ist mir nämlich eingefallen — — (verwirrt) haft Du einen Pelz?

Hilda (lachend). Das ist der große Gedanke?

Marberg. Nein — — das heißt, ein Pelz ist sehr wichtig.

Hilda. Du hast mir wohl einen besorgt? Du Guter denkst doch an Alles.

Marberg. Nein. — Deshalb mache ich mir ja solche Vorwürfe. Ich habe garnicht daran gedacht.

Hilda. Wenn's weiter nichts ist? Die Coupés sind ja geheizt. — (Schmeichelnd.) Ich schmiege mich an Dich an — da wird mir schon warm werden.

Marberg. Ja, hier — aber nicht im Coupé. Stelle Dir nur vor, wie lang so eine Nachtfahrt wird. Man hat keine Bequemlichkeit — die Mitreisenden geniren —

Hilda. Was kümmern mich die Mitreisenden? Wenn ich Dich nur habe.

Marberg. Das denkst Du Dir schöner, als es ist. Am anderen Morgen bist Du wie zerschlagen. — (Zögernd.) Was meinst Du — wenn wir die ganze Reise aufgäben?

Hilda (sieht ihn starr an). Wegen des Pelzes?

Marberg. Ja — — was meinst Du?

Hilda (nach einer kleinen Pause; lächelnd). Höre, mein guter Eustach — es wird mir bange um Dich.

Marberg. Wieso?

Hilda. Du denkst im Ernste daran —

Marberg. Ganz im Ernst.

Hilda. Ich soll Paris nicht sehen?

Marberg (mit gespielter Emphase). So sind die Frauen! — Du kannst in diesem Augenblick an Paris denken?

Hilda. Warum denn nicht?

Marberg. An Paris — während alle meine Gedanken nur bei Dir sind?

Hilda. Darin braucht Dich doch Paris nicht zu stören? — Mir wäre ja Alles überraschend und neu — neuer als Dir — aber würde ich Dich darum eine Sekunde aus dem Sinn verlieren? — Nein, daß Du so von mir denken kannst — — das — das kränkt mich. (Setzt sich schmollend in den Divan rechts.)

Marberg (sich neben sie setzend). Du sollst Paris ja sehen. Muß es denn nun gerade gleich sein?

Hilda (in Thränen). Ja — auf der Hochzeitsreise.

Marberg. Aber es bleibt Dir ja für später.

Unverkäufliches Manuscript.

Hilda (weint, und bedeckt ihre Augen mit dem Taschentuch). Später ist es nicht halb so schön.

Marberg (faßt ihre Hände, zärtlich). Aber Hilda — — so weine doch nicht.

Hilda. Muß ich nicht, wenn Du mir gleich die erste Freude versagst? — Ein schöner Anfang für uns!

Marberg. Ich bin nicht schuld daran.

Hilda. Wer sonst? — Du willst mir zeigen, daß Du einen Willen hast. Damit hättest Du Dich aber nicht so zu beeilen brauchen.

Marberg. Wenn ich nun ebenso von Dir dächte? Wenn ich behauptete, Du wolltest Deinen Willen durchsetzen?

Hilda (resignirt). Nein, nein, nein. Ich habe keinen Willen. Ich weiß ja, daß ich gehorchen muß. — (Bricht wieder in Thränen aus.) Ich bin eine unglückliche Frau!

Marberg (faßt ihre Hände, sanft). Höre, Kind — — nun sei vernünftig.

Hilda (macht sich los und steht auf). Ich will nicht.

Marberg (steht gleichfalls auf). Sieh mir einmal in's Auge.

Hilda (weint). Ich kann nicht.

Marberg. Versuch's nur.

Hilda (weint). Nein.

Marberg (liebevoll). Hilda!

Hilda. Nein.

Marberg. Wenn ich bitte?

Hilda (ruhiger). Nein.

Marberg (zahm). Wenn ich will?

Hilda. Dann erst recht nicht.

Marberg. Also im Guten?

Hilda (sieht ihn flüchtig an und wendet sofort den Kopf wieder ab).

Marberg (freundlich). Das war kein hübscher Blick, Hilda. Du hast schönere.

Hilda. Willst Du's mit Complimenten versuchen?

Marberg. Verlangst Du die, wenn ich Dir in's Herz sehen will?

Hilda (blickt zu Boden).

Marberg (nach einer kleinen Pause). Nun?

Hilda (sieht ihn groß und freundlich an).

Marberg (freudig). So! Nun bist Du wieder Du selbst. — (Umfaßt sie zärtlich; sie sehen einander eine Weile schweigend in's Auge. Dann wirft Hilda ihren Kopf an seine Brust; er umarmt sie und Beide verharren einige Augenblicke in dieser Situation. Pause.)

Marberg (schüttelt ihr die Hand, mit Würde). Ich hoffe, daß dies unser letzter häuslicher Zwist war.

Hilda (erschreckt). Gott! Wir haben schon einen Zwist gehabt?

Marberg. Leider.

Hilda. Sprich nicht mehr davon, Eustach. Ich schäme mich.

Marberg. Ich werde Dir also Paris zeigen. Die Café's, die Boulevards, das Louvre —

Hilda. Wenn Du mich lieb hast, erinnere mich nicht mehr an die Reise.

Marberg. Liegt Dir nichts mehr daran?

Hilda. Ach, Eustach — ich verstehe mich selbst nicht.

Marberg. Du bleibst lieber hier?

Hilda (warm). Ich thue Alles, was Dir gut dünkt. Ich habe ja Dein Herz noch garnicht gekannt.

Marberg. Das kommt immer erst in der Ehe.

Hilda. Aber was werden die Eltern sagen — und die Anderen?

Marberg. Die überraschen wir. Ich schicke morgen ein Billetchen herunter. — (Sieht nach hinten.) Still, sie kommen. Laß nichts merken. Wenn ich Dir ein Zeichen gebe, mache Dich unsichtbar.

(Marberg steht im Vordergrunde links, Hilda rechts.)

19. Auftritt.

von Herbold (im Gespräche mit) **Baron Feldau,** (unmittelbar hinter ihnen) **von Rottmann** (mit) **Baronin Feldau;** (gleich darauf) **Lucie, Müller;** (zuletzt) **Zanetti** (mit) **Ottonie, Sophie** (und anderen) **Damen** (und) **Herren.**

(Alle aus dem zweiten Salon von rechts.)

von Herbold. Ich finde, dieser Geiger hat etwas exotische Allüren.

Baron Feldau (älterer Mann). Mich erinnert er lebhaft an Münchhausen

Baronin Feldau (junge, elegante Erscheinung). Aber wie spielt er! Jeder Ton ist Seele!

von Rottmann. Herr Baron Feldau!

Baron Feldau. He?

von Rottmann. Hören Sie, wie Ihre Frau Gemahlin schwärmt?

Baron Feldau. Meine Frau ist Idealistin. Die

Schwärmerei für fremde Männertypen ist ihr geistiges Be=
dürfniß.

S t e l l u n g :

v. Herbold. v. Rottmann.
* *

* *
Baron Feldau. Baronin Feldau.

* *
Marberg. Hilda.

Lucie (vorkommend, zu Hilda). Haft Du Egbert nicht ge=
sehen?

Hilda. Nein.

Lucie. Ich kann ihn nirgends finden. (Gehen im Gespräch
zum Divan rechts und setzen sich.)

(von Rottmann, von Herbold und Baronin Feldau ziehen sich plaudernd
in den Hintergrund rechts zurück, wo sie sich setzen.)

Baron Feldau (ist zu Marberg getreten). Nun, lieber Graf?
Der Himmel lächle Ihnen stets so heiter wie heute.

Marberg (schüttelt ihm die Hand). Ich danke, Herr Baron.

Baron Feldau. Sie gehen einer schönen Zeit entgegen.
Die Ehe setzt unserer Männerwürde erst die Krone auf.

Marberg. Ganz gewiß, Herr Baron.

Baron Feldau. O, was habe ich meiner Hersilie zu
danken! Sie hat aus mir einen Charakter gemacht.

Marberg. Wirklich? (Sprechen leise weiter.)

Lucie (zu Hilda). Ich werde große Sehnsucht nach Dir
haben. Bleibt nur nicht zu lange aus.

Hilda. Verlaß Dich auf mich, Lucie. Ich habe Dich ja
so lieb.

Lucie. Ich bin froh, daß ich für die Zeit Deiner Ab=
wesenheit einen Ersatz wenigstens in Susanne habe.

Hilda. Ist sie schon da?

Lucie. Seit vier Tagen — mit ihren Eltern. Wir haben
sie Alle so gern — und sie sind so gern bei uns. Sobald Du
zurück bist, sollst Du sie kennen lernen.

(Müller hat bisher mit den Anderen im Hintergrunde gesprochen und tritt
jetzt zu Hilda und Lucie.)

Hilda. Ah — Herr Müller!

Müller (auf einen Fauteuil neben ihnen deutend). Ist es erlaubt, meine Damen?

Hilda. Bitte.

(Müller setzt sich. Hilda und Lucie sehen Müller erwartungsvoll an.)

Müller (nach einer Pause; verlegen). Es ist jetzt recht schlechtes Wetter.

Hilda (lachend). Aber, Herr Müller! Wissen Sie uns nichts Interessanteres zu erzählen?

Müller. Ich bin kein Genie wie Herr Zanetti, meine Damen — und habe noch keine Kunstreisen in Amerika gemacht. (Nach hinten deutend.) Sehen Sie nur — der erzählt wieder Wunderdinge.

Hilda (lächelnd). An die er selbst nicht glaubt.

Müller. Das thut nichts. Wenn nur die Anderen sie glauben.

Zanetti (Mann von 45 Jahren, auffallende Künstlerphysiognomie, mehrere Orden, ist inzwischen, umgeben von Ottonie, Sophie und anderen Damen und Herren, im zweiten Salon sichtbar geworden, und kommt jetzt mit den Anderen vor. Diese Gruppe hat die Mitte der Bühne).

(Marberg und Baron Feldau stehen im Hintergrunde links).

Sophie (zu Zanetti). Ihre Geige hat einen bezaubernden Klang, Herr Professor.

Damen und Herren. Himmlisch! Einzig! Hinreißend!

Zanetti. Ein Geschenk des Kaisers von Brasilien.

Damen und Herren. Ah!

Zanetti. Bei Amerika, meine Herrschaften, erinnere ich mich einer merkwürdigen Geschichte, die ich, so unglaublich sie klingt, dennoch erlebt habe, und bei der ich durch meine eigene Frau beinahe um's Leben gekommen wäre.

Damen und Herren. O, erzählen Sie! Bitte, bitte! Erzählen Sie doch!

von Herbold (im Hintergrunde zur Baronin Feldau). Geben Sie Acht — Münchhausen!

(Ottonie setzt sich im Vordergrunde links. Baron Feldau tritt bald darauf zu ihr und spricht mit ihr.)

Zanetti. In den Nordamerikanischen Urwäldern, meine Herrschaften, hausen die Bären noch in patriarchalischer Gemüthlichkeit neben anderen Ungeheuern, ohne eine Ahnung von dem Kastengeist unserer zoologischen Gärten zu haben. — Die Bärenjagd war ein Lieblingssport meiner Frau — und mit Flinten

bewaffnet, zogen wir Beide oft in den Wald; sie das Natur=
kind — ich der Träumer.

Marberg (der im Hintergrunde links allein steht, versucht ver=
geblich, sich Hilda bemerkbar zu machen).

Zanetti (ohne Unterbrechung fortfahrend). Eines Tages —
wir hatten im Dickicht eine große Falle aufgestellt — waren
wir von einander abgekommen, und während wir die Falle ver=
geblich suchten, verloren wir unsere eigene Spur. Ich war auf
meiner Wanderung tiefer und tiefer in ein undurchdringliches
Dunkel gerathen — als ich plötzlich inmitten der Wildniß die
Falle entdecke.

Marberg (macht Hilda abermals Zeichen, die diese still bemerkt).

Zanetti (fährt ohne Unterbrechung fort). Ich eile darauf zu
— und gewahre, daß das Stück Fleisch, welches wir einige Tage
zuvor darin aufgehängt, sich zu merklichem Nachtheil verschoben
hatte.

Hilda (steht ruhig auf, und geht, ohne auf sich aufmerksam zu
machen, langsam durch den zweiten Salon nach links ab).

Zanetti (wie oben). Ich krieche in die Falle hinein, um
es zurecht zu rücken, als mit einem Male, wahrscheinlich durch
die Bewegung meiner Füße, die Klappe hinter mir zuschlägt —
und ich rettungslos gefangen bin.

Marberg (geht ebenfalls langsam durch den zweiten Salon nach
links ab).

Zanetti (wie oben). Nun denken Sie sich in meine Lage.
Allein, hülflos, in der Einöde dieses Urwaldes — rings von
wilden Bestien umlauert, die mich jeden Augenblick ihrem
Appetite opfern konnten. Es waren greuliche Momente, die ich
durchlebte. — Endlich schien mir der rettende Engel zu nahen
— ich sah in der Ferne durch Gestrüpp und Schlingpflanzen
das Gesicht meiner Frau auftauchen. Wie ein Verzweifelter
schrie ich um Hülfe — da — — Gott, die Dunkelheit und mein
mörderisches Gebrüll — — meine Frau hält mich für einen
gefangenen Bären, und legt die Flinte auf mich an. Die Todes=
angst gab mir Riesenkräfte. Mit übermenschlicher Gewalt rang
ich mich in die Höhe — ein Ruck — — und ich stand auf den
Beinen. Die Bärenfalle am Leibe rannte ich meiner Frau
entgegen, die ohnmächtig zusammenbrach — — — ich war
gerettet.

Damen und Herren. Merkwürdig! Fabelhaft!

Erste Dame. Ach, Ihre arme Frau!

Zweite Dame. Dieser Schreck!

Baron Feldau (zu Ottonie). Amerikanisches Jägerlatein.

20. Auftritt.

Vorige. Rittmeister (aus dem zweiten Salon von rechts).

Rittmeister (ist schon etwas früher aufgetreten, und hat sich — die Rose in der Hand — rechts zu Lucie gesetzt).

Müller (steht auf und mischt sich unter die Gesellschaft).

Zanetti (bleibt mit einem kleineren Kreise in der Mitte der Bühne; man sieht, wie er etwas Anderes erzählt).

Baronin Feldau ⎱
von Herbold ⎬ (sitzen im Gespräche hinten rechts).
von Rottmann ⎰

Ottonie (sitzt vorn links).

Baron Feldau (steht bei Ottonie und spricht mit ihr).

(Die übrige Gesellschaft löst sich in einzelne Gruppen auf, die sich bis in den dritten Salon vertheilen.)

Lucie (zum Rittmeister). Wo haben Sie die schöne Rose her?

Rittmeister. Diese Rose? — Fragen Sie nicht, meine Gnädige.

Lucie. Ein Geheimniß?

Rittmeister (nicht bedeutungsvoll). Hm.

Lucie. Ei — ich gratulire.

Rittmeister. Dazu ist keine Ursache.

Lucie. Ach, wie schade.

Rittmeister. Geheimnisse sind 'ne Passion von mir.

Lucie. Nun warten Sie. Ich passe Ihnen auf, und komme dahinter.

Rittmeister. Interessiren Sie sich so sehr dafür?

Lucie. Die Rose kommt mir so bekannt vor.

Rittmeister. Nun, Ihnen habe ich nichts zu verbergen. — Diese Rose ist ein Geschenk Ihrer Schwägerin.

Lucie (verwundert). Hilda?

Rittmeister. Ja.

Lucie. Für Sie?

Rittmeister. Wie Sie sehen. — Mißgönnen Sie sie mir?

Lucie (lächelnd). O, nein. Ich liebe diese Rosen selbst viel zu sehr —.

Rittmeister. Ja? Nun, Sie sind die Einzige, der ich dies Pfand treuer Freundschaft opfern möchte. (Ihr die Rose anbietend.) Wollen Sie, meine Gnädige?

Lucie (nimmt die Rose). O wie freundlich, Herr Ritt=
meifter.

21. Auftritt.

Vorige. Ulrich (aus der Seitenthür rechts).

Ulrich (indem er heraustritt, laut). Meine Herrschaften, wer
etwa Meinung für ein Tänzchen hat — die Musik ist da.

Alle (außer Ottonie, stehen auf und drängen den Ausgängen
auf der rechten Seite zu; wirres Durcheinander). Tanzen! Tanzen!
Endlich! Gott sei Dank! Bravo! Bravo! (Alle ab bis auf
Ulrich und Ottonie. Hinter der Scene rechts beginnen Clavier und
Geige den Walzer: „Er soll Dein Herr sein" aus „Gasparone" —
doch so, daß der folgende Dialog nicht gestört wird.)

Ulrich. Nun, Ottonie?

Ottonie (betrübt). Sind die Kinder schon fort?

Ulrich. Meilenweit.

Ottonie (seufzend). Ach, mir ist so weh!

Ulrich. Das giebt sich. (Will ihr den Arm reichen.) Komm,
wir sind die Alten — wir eröffnen den Walzer.

Ottonie. Ich heute tanzen? Nein, Ulrich — ich kann's nicht.

Ulrich. Mit Deinem Manne?

Ottonie. Mit Niemandem.

Ulrich. Du mußt Dich herausreißen.

Ottonie (sanft). Ulrich, quäle mich nicht.

22. Auftritt.

Vorige. Rittmeister (aus dem zweiten Salon von rechts).

Rittmeister (geht auf Ottonie zu und bietet ihr den Arm).
Gnädige Frau, darf ich den Vorzug haben —?

Ottonie (steht rasch auf und nimmt geschmeichelt seinen Arm).
Oh — Herr Rittmeister!

(Beide durch den zweiten Salon nach rechts ab.)

Ulrich. Den Vorzug soll er genießen. (Folgt den Beiden.

(Der Vorhang fällt.)

Ende des ersten Aufzuges.

———

Zweiter Aufzug.

(Vornehm eingerichteter Salon beim Grafen Marberg — geschlossene Decoration. In der Mitte des Hintergrundes ein reicher Kamin; davor zwei Fauteuils und ein Tischchen. Daneben — nach rechts hin — die allgemeine Auftrittsthür. Auf der Seite rechts eine Thür; links desgleichen. Im Vordergrunde rechts ein Etablissement von Sopha, Tisch und Stühlen; dahinter seitwärts ein Blumentisch. Links im Vordergrunde zwei Fauteuils und ein Tischchen. Etwas weiter zurück ein Damenschreibtisch; davor ein Sessel. In der linken Ecke des Hintergrundes eine Säule mit der Büste Beethovens. Auf dem Tische rechts eine brennende Lampe. Portièren, Teppiche, Luxusgegenstände.)

1. Auftritt. 137

Egbert (durch die Mitte rechts). Marberg (aus der Seitenthür rechts.)

Egbert (tritt eilig auf; Hut in der Hand).

Marberg (ihm hastig entgegen). Ah, Egbert — Schnecke! Bist Du endlich da?

Egbert. Hast Du schon je eine Schnecke außer Athem gesehen?

Marberg. Deinetwegen sitze ich auf einem Vulkan.

Egbert (wirft sich rechts in einen Stuhl und hält die offene Hand hin). Und ich habe zwölf Mark in Droschken für Dich bezahlt.

Marberg. Belaste mich dafür.

Egbert. Belasten?

Marberg. Warum hast Du nicht meine Pferde genommen?

Egbert. Die sind heute während der Gerichtsverhandlung steif geworden.

Marberg. Nun? Und das Wichtigste?

Egbert (zieht ein Zeitungsblatt aus der Tasche und reicht es

ihm). Die erste heute ausgegebene Abendnummer — naß unter
der Presse hervorgezogen!

Marberg (greift hastig danach). Mit dem Bericht?

Egbert. Mit dem vollständigen Zeugenverhör.

Marberg (Entfaltet eifrig die Zeitung). Und ich?

Egbert. Du bist in sämmtlichen Blättern der Zeuge M.
— Wir sind gerettet.

Marberg (hat in die Zeitung gesehen und reicht ihm die Hand).
Du nimmst mir eine Centnerlast von der Seele.

Egbert. Vergiß die zwölf Mark nicht.

Marberg (sich zu ihm setzend, seufzend). Ich gebe Dir tausend,
wenn ich einen solchen Tag nicht wieder erlebe.

Egbert. Was war denn?

Marberg. Wie sich Hilda seit gestern verändert hat — —!?
Es ist fabelhaft.

Egbert (lachend). Merkst Du was?

Marberg. Man muß wirklich heirathen, um ein Mädchen
kennen zu lernen.

Egbert. Es ist wenigstens das sicherste Mittel.

Marberg. Vor der Ehe ist Alles Verstellung — reine
Spielerei.

Egbert. Wem sagst Du das? — Wenn's meine Schwester
nicht wäre, hätte ich Dir auch entschieden abgerathen.

Marberg. Du bist ein prächtiger Mensch.

Egbert. Bitte. — Was hat's denn gegeben?

Marberg. Gestern noch sanftmüthig, wie ein Lamm —
vertrauend — folgsam — heute schon selbstständig — eigen=
sinnig — mißtrauisch —

Egbert. Weswegen?

Marberg. Wenn Du eine Frau genommen hast, Egbert,
sage ihr nie die Unwahrheit. Du drehst Dir damit einen Strick,
an dem Dein Gewissen hängen bleibt — und der Pantoffel
hängt dicht daneben. Ich kann kaum mehr den Mund öffnen,
ohne daß eine Lüge herauskommt.

Egbert. Das weiß sie?

Marberg. Sie glaubt mir nichts.

Egbert. Ja, wenn Einem nicht einmal mehr Lügen ge=
glaubt werden, hört aber auch Alles auf.

Marberg. Hätte ich geahnt, daß das verdammte Verhör
sich bis zum Abend hinzöge, würde ich eine andere Ausrede
gemacht haben.

Egbert. Was hast Du ihr denn gesagt?

Marberg. Ich wäre mit Freunden zusammengewesen.

Egbert. Den ganzen Tag?

Marberg. Ja.

Egbert. Na, höre — am Tage nach der Hochzeit? — Das klingt allerdings verdächtig.

Marberg. Nun hat sie bis eben mit dem Diner auf mich gewartet — und zum Unglück hatten wir noch die Eltern auf heute geladen. Ich versichere Dich, ich wurde nicht sehr freundlich empfangen.

Egbert. Wie konntest Du aber auch heute die Eltern bitten? Die durften garnicht wissen, daß Ihr hier geblieben.

Marberg. Lieber Himmel, das wußte schon gestern Abend die halbe Hochzeits-Gesellschaft.

Egbert. Wieso?

Marberg. Dein Onkel Anastasius hat's ausgeplaudert.

Egbert. Woher wußte der —?

Marberg. Der Schwerenöther wollte bei uns logiren.

Egbert (verwundert). Ah!

Marberg. Kurz, sie haben's erfahren. Die Folge davon war, daß Hilda heute von früh bis spät Visiten empfing — und das hat ihre üble Laune noch vermehrt.

Egbert. Nun, sei froh, daß dieser Kelch an Dir vorübergegangen. (Will ihm die Zeitung aus der Hand nehmen.) Gieb das Blatt — oder steck' es ein — damit Keiner von der Sache sieht und hört.

Marberg (legt die Zeitung, die er bisher in der Hand hielt, auf den Tisch). Laß nur. Ich halte ja den Tagesboten auch.

Egbert. Das ist sehr leichtsinnig.

Marberg. Warum soll ich das Blatt verstecken?

Egbert. Du brauchst doch Hilda auf die Sache nicht gerade hinzulenken?

Marberg. Sie ist bereits genügend gelenkt.

Egbert. Wodurch?

Marberg. Baronin Feldau hat sie Vormittags einige Stunden sehr angenehm von dem Proceß unterhalten und sie so dafür interessirt, daß Hilda der Sache mit Spannung folgt.

Egbert. So?

Marberg. Die Baronin hat ihr zur Orientirung die letzten acht Nummern geschickt. Sie liegen drinnen — Hilda hat sie schon durchstudirt.

Egbert. Du, da sieh Dich vor.

3*

Marberg. Womit?

Egbert. Daß Du Dich nicht verdächtig machst.

Marberg (lächelnd). Nein, mein Junge. Nun bin ich ruhig.

Egbert. Uebrigens kommt Lucie bald. Das wird sie zerstreuen.

Marberg. Jawohl — laßt uns nur nicht allein.

Egbert. Sie bringt eine spaßige kleine Landratte mit, die mit ihren Alten bei ihr logirt. (Lachend.) Wenn die Gesellschaft sie nicht aufheitert, ist sie unheilbar.

2. Auftritt.

Vorige. Ulrich (aus der Seitenthür rechts).

Ulrich (eine Cigarre rauchend, jovial). So geschmeckt hat mir's seit lange nicht, lieber Schwiegersohn, wie heute bei Ihnen. Entweder war ich so ausgehungert — oder der Anblick Eurer glückstrahlenden Gesichter hat mir Appetit gemacht.

(Marberg und Egbert sind aufgestanden.)

Marberg. Ich bedauere nur, daß Sie warten mußten, Schwiegerpapa —

Ulrich (klopft ihm, pfiffig lächelnd, auf die Schulter). Habe mich gefreut — sehr gefreut. — So und nicht anders muß man junge Frauen behandeln. Lecker müssen sie werden. Am Tage unsichtbar — dann ist man am Abend neu. Sie verstehen's. Habe mich gefreut — sehr gefreut.

Marberg. Es ist mir schwer genug geworden —

Ulrich. Glaub's — glaub's. Aber das ist nur zu Anfang. Wenn Sie vier Wochen consequent bleiben — sind Sie da, wo Sie sein wollen. — Ich hab's leider nicht fertig gebracht. Meine Frau hat nie nach mir geschmachtet.

Egbert. Denke nur 25 Jahre zurück, Papa.

Ulrich. Nie, sage ich. Was weißt Du denn davon? Du hast damals noch gar kein Urtheil gehabt. Hast heute auch noch keins.

Egbert. Oho!

Ulrich (zu Egbert, stolz). Du hättest nur sehen sollen, wie sich Hilda's angeborener Adel bei der Gelegenheit entfaltete. Wie das auf den Mann wirkt! Was, Schwiegersohn?

Marberg. Fabelhaft.

Ulrich (zu Marberg). Ja, Kinder — Eure Zärtlichkeit macht mir ein barbarisches Vergnügen. Bei Euch stimmt Alles.

Warum? Weil Ihr Beide aristokratische Naturen seid. — (Zu Egbert) Wenn ich mir dagegen Dein Püppchen vorstelle —

Egbert. Nun?

Ulrich. Wie das sich in solchem Falle benehmen würde —

Egbert. Vermuthlich nicht anders, als Hilda.

Ulrich. Das? — (Mit spöttischem Lächeln.) Laß Dich nicht auslachen. Sie zöge ein schiefes Gesicht, und machte Dir Vorwürfe, daß die Suppe kalt geworden. — Ja, mein Sohn — ich glaube, daß Du eine gute bürgerliche Küche, aber eine schlechte Ehe führen wirst.

Egbert. Weshalb?

Ulrich. Weil sie unter Dir steht. Du hast Ahnen — und sie nicht. Das paßt nicht zusammen. Du läufst ihr in den ersten 24 Stunden davon. Das passirt in solchen Ehen.

Egbert. Das kann überall passiren.

Marberg (zu Egbert). Mach' keine schlechten Witze. (Ab Seitenthür rechts.)

Ulrich. Im Ernste, Egbert — die Sache muß ein Ende haben. Ich kann Dich nicht in Dein Unglück rennen sehn. Ich hatte gestern mit dem alten Gotthard ein rencontre — Du wirst Dich da zurückziehen.

Egbert. Aber Papa!

Ulrich. Aber Junge! — Begreifst Du denn nicht, um was es den Leuten zu thun ist? Der adelige Schwiegersohn ist ihnen in die Krone gefahren — das ist Alles. Natürlich! Sie haben's ja dazu. Doch ich werde ihnen zeigen, daß Du kein Kaffeesack bist, der seine Valuta hat. Ich hasse den Mammon.

Egbert. Du hast Hilda auch einem reichen Manne gegeben —

Ulrich. Einem Grafen — der's hatte. Aber ich hasse das Geld, das —

Egbert. Man nicht hat.

Ulrich (sieht ihn verblüfft an). Wie? — Nein.

Egbert. Gotthard will ja mit Dir theilen.

Ulrich. Wieso?

Egbert. Er giebt Lucie die Hälfte seines Vermögens mit.

Ulrich. Und nach der Hochzeit stellt er die Zahlungen ein. Das kennt man. — Krämergeld ist überhaupt kein Geld. Es stehen Dir andere Parthien offen.

Egbert. Aber keine, die mich so glücklich macht.

Ulrich. Redensarten! — Du liebst sie nicht. Kannst sie nicht lieben.

Unverkäufliches Manuscript.

Egbert. Das weiß ich nun besser, Papa.

Ulrich. Das weiß Niemand besser, als ich, der Dich ge=
boren und erzogen hat. — Wenn Du mir nicht glaubst, werde
ich Dir's beweisen.

Egbert. Ich möchte wissen, wie?

Ulrich. Antworte. Aber aufrichtig. Hast Du nicht innere
Kämpfe zu bestehen?

Egbert. Innere Kämpfe?

Ulrich. Liegt Dir nicht etwas auf der Seele, über das
Du nicht Herr werden kannst?

Egbert (naiv). Nein.

Ulrich. Du flunkerst. — Hast Du mir nicht selbst gesagt,
daß Du unruhige Nächte hast?

Egbert. Nun ja, aber das ist —

Ulrich. Das ist der deutlichste Beweis, daß Dir die Sache
unbehaglich ist. Wenn man liebt, schläft man ruhig.

Egbert. Ich gebe Dir aber die Versicherung —

Ulrich. Geduld. — Kommt Dir in ihrer Nähe nicht mit=
unter ein Gefühl der Ermüdung — der Langenweile?

Egbert. Nicht daß ich wüßte.

Ulrich. Aufrichtig! — Wenn Du den ganzen Tag mit
ihr allein bist — sehnst Du Dich nicht nach Abwechselung?

Egbert. Mag sein, aber nur —

Ulrich. Da hast Du's. Ein Verliebter will keine Ab=
wechselung. — Weiter. Wenn sie Dich heute aufgäbe — würdest
Du Dich in's Wasser stürzen?

Egbert. Das nun gerade nicht.

Ulrich. Na also. Nicht einmal dazu hast Du Lust. Und
Und das nennst Du lieben?

Egbert. Nenne es, wie Du willst — aber Lucie liebt mich.

Ulrich. Das ist was Recht's! Es ist gar kein Kunststück
geliebt zu werden, wenn man nichts thut, um es zu verhindern.

Egbert. Ich machte sie unglücklich, wenn ich sie aufgäbe.

Ulrich. Possen! — Liege ihr nicht immer zu Füßen, so
giebt sie Dich auf.

Egbert. Nie!

Ulrich. Zeige ihr nur die geringste Gleichgültigkeit, und
Du wirst es sehen.

Egbert. Das käme auf einen Versuch an.

Ulrich. Stelle sie auf die Probe.

Egbert. Wenn Dich das beruhigt? — Aber dann —

Ulrich. Dann giebst Du ihr den Verlobungsring zurück?

Egbert (lachend). Nein, Papa — dann heirathen wir uns.

Ulrich. Du bist ein Narr. Ich wette, morgen giebst Du ihr den Ring zurück.

3. Auftritt.

Vorige. Marberg (aus der Seitenthür rechts).

Marberg. Nehmen Sie nicht eine Schale Mocca, Schwieger=papa?

Ulrich. Ich komme. — A propos, lieber Schwiegersohn — was treiben wir am Abend? Bei Preller ist eine neue Champagner=marke eingetroffen. Wie wär's?

Marberg. Behüte — der heutige Abend gehört meiner Frau

Ulrich. Ach, richtig — Sie haben jetzt eine Frau.

Marberg. Aber wir können das ebenso bequem im Hause haben. Bei mir. Oder bei Ihnen.

Ulrich. Wie Sie wollen. Ich bin mit Allem einver=standen. Also sagen wir bei Ihnen.

Marberg. Versteht sich.

Ulrich. Bon. (Ab Seitenthür rechts).

Marberg (geht, sobald Ulrich fort ist, schnell auf Egbert zu). Du — Hilda scheint Euch gern los sein zu wollen. Aber Du thust mir einen Gefallen, wenn Du bleibst.

Egbert. Ich rühre mich nicht von der Stelle.

Marberg. Sollte sie auf mein Ausbleiben zurückkommen, so beruhige sie darüber.

Egbert. Verlaß Dich auf mich. Ich werde heftig.

Marberg. Heftig?

Egbert. Das beruhigt sie am schnellsten.

4. Auftritt.

Vorige. Hilda (aus der Seitenthür rechts).

Hilda (schnell auf Marberg zu, sehr aufgebracht). Höre, Eustach — (erblickt Egbert und verändert plötzlich den Ton; freundlich) ah, Egbert — ich wußte nicht, daß Du da warst.

Egbert (schlau lächelnd). Freilich bin ich da. Aber genire Dich meinetwegen nicht. Gieb ihm nur Deinen Kuß.

Hilda Was Du für scharfe Augen hast. Ich habe Eustach gar nicht küssen wollen.

Egbert (lacht). Ha, ha! — Eustach, ich habe den Kuß auf ihren Lippen gesehen. Du kannst ihn ihr dreist abnehmen.

Marberg. O — ich bin gar nicht schüchtern. (Umfaßt sie und will sie küssen.)

Hilda (sträubt sich).

Egbert. Thut, als ob Ihr zu Hause wäret.

Hilda (hat sich losgemacht und geht nach rechts, wo sie sich setzt). Ein andermal — — (mit einem Blick auf Egbert) wenn wir allein sein werden.

Egbert (indem er sich links in einen Fauteuil setzt, für sich). Da kannst Du lange warten.

Marberg (steht in der Mitte).

Hilda (sieht nach einer Pause zu Egbert hinüber, für sich). Der Junge ist zu einfältig.

Egbert (zu Marberg). Bitte, setz' Dich.

Marberg. Du bist sehr freundlich. (Geht nach rechts und will sich neben Hilda setzen.)

Hilda (leise zu Marberg). Schicke Egbert fort.

Marberg (leise). Gleich. (Indem er nach links hinüber geht, laut.) Nun, Egbert — wie gefällt Dir unsere Wohnung?

Egbert. Mollig. Wenn ich's einmal so habe — ich mache auch keine Hochzeitsreise.

Marberg. Kennst Du schon die anderen Räume?

Egbert. Alles. Aber hier ist es am gemüthlichsten. Ich mag gar nicht fort.

Marberg (geht zu Hilda, leise). Was sagst Du dazu?

Hilda (leise). Gieb's ihm deutlicher.

Marberg (geht wieder hinüber, laut). Du hast wohl heute noch etwas zu thun, mein Junge?

Egbert. O, das hat Zeit.

Marberg (giebt ihm die Hand). Na, dann auf Wiedersehen.

Egbert (Marberg die Hand schüttelnd). Leb' wohl.

Hilda (sieht hinüber; dann für sich). Gott, wie dumm!

Marberg (kommt zu Hilda, leise). Er merkt noch nichts!

Hilda (nimmt ärgerlich die auf dem Tische liegende Zeitung zur Hand, leise). Winke ihm, daß er geht.

Marberg (setzt sich neben Hilda, und macht gegen Egbert hin sehr auffallende Zeichen, daß er gehen soll).

Egbert (schielt hinüber; für sich). Er wird immer deutlicher. Aber ich sehe nichts.

Hilda (leise zu Marberg). Er sieht nicht her.

Marberg (laut). Egbert! (Wiederholt das vorige Spiel.)

Egbert (schielt lachend hinüber, für sich). Ehe er mich nicht hinauswirft, glaube ich nicht dran.

Marberg (leise). Es nützt nichts, liebe Hilda. Er versteht mich nicht.

Hilda (nimmt die Zeitung vor; resignirt). Ihr erlaubt wohl, daß ich lese.

Egbert (nimmt sein Cigarrenetui aus der Tasche und steckt eine Cigarre in den Mund).

Hilda (bemerkt, daß Egbert die Cigarre im Munde hat). Wenn Du Appetit zu einer Cigarre hast, Egbert — dann, bitte, im Rauchzimmer.

Egbert (steckt die Cigarre wieder in's Etui). Ich kann's auch lassen.

Marberg (leise zu Hilda). Nicht los zu werden.

Hilda (hat in die Zeitung gesehen, wendet nach einer kleinen Pause lebhaft das Blatt und sieht nach der Nummer). Ist das schon von heute Abend?

Marberg. Ich weiß nicht.

Hilda. Freilich. — Unterhaltet Euch nur. Ich studire unterdessen den Proceß Duvallet. (Sie liest.)

Egbert. Duvallet? Wer ist das?

Hilda (während sie liest). Köstliche Frage! Seitdem Du verlobt, scheinst Du für das, was um Dich hergeht, stumpf zu sein.

Egbert (lachend). Für Verbrecher habe ich mich nie interessirt.

Hilda. Es handelt sich nicht um Verbrecher, sondern um hochangesehene Leute — die in den ersten Cirkeln verkehrten.

Egbert. Und jetzt in der ersten Strafkammer.

Hilda. Traurig genug. — Ich will die Frau nicht vertheidigen. Mich dauern nur die armen betrogenen Mädchen.

Marberg. Betrogen ist wohl zu viel gesagt, Schatz.

Hilda. So? — Wie nennst Du das, wenn man einem Mädchen Hoffnung macht, und sie dann verläßt?

Marberg. Rücksichtslos.

Hilda. Rücksichtslos? — Würdest Du je eine Frau nehmen, ehe Du das Mädchen versorgt hast, das durch Dich unglücklich geworden?

Marberg. Nicht um die Welt!

Egbert. Ich auch nicht.

Hilda (auf die Zeitung deutend). Nun, so lies nur die

Unverkäufliches Manuscript.

Aussagen der sauberen Zeugen — und dann frage Dich, ob es nicht eine elende Gesellschaft ist. Dieser Baron Tini — Graf Lamme — und wie die gentlemen heißen. Einer ist nicht ein= mal genannt — und gerade der Frechste von Allen.

Egbert. Wahrscheinlich eine hohe Person, die die Oeffent= lichkeit scheut.

Hilda. Natürlich. — (Zu Marberg, harmlos neugierig.) Erkundige Dich doch einmal, wer der Zeuge M. ist. (Sie hält ihm das Blatt hin und zeigt dabei auf die betreffende Stelle.)

Egbert (steht unruhig auf).

Marberg (steckt schnell den Kopf in die Zeitung). Der Zeuge M?

Hilda. Ja. Vielleicht kannst Du's erfahren.

Marberg (aufstehend). Ich will zusehen. (Blickt bestürzt Egbert an.)

Hilda (liest weiter).

Egbert }
Marberg } (stehen sich sprachlos gegenüber).

(Pause.)

Egbert (nach einer Weile, sich fassend). Ich begreife nicht, wie man solch' scandaleuse Affairen goutiren kann.

Hilda. Die sind sehr lehrreich.

Egbert. Ja — aber Du verschlingst sie förmlich.

Hilda. Lieber Gott, wenn man nichts Besseres zu thun hat?

Egbert. Nun, das weiß ich: meine Frau dürfte sich damit nicht beschäftigen.

Hilda. Wirst Du der Tyrann sein, und es verbieten?

Egbert (mit gespielter Heftigkeit). Ganz energisch würde ich das thun. Diese Gier nach unsauberen Neuigkeiten ist — unmoralisch!

Hilda (verwundert aufsehend). Eustach — höre doch das Kind an!

Marberg. Ich höre.

Hilda. Und das läßt Du Dir gefallen? (Legt die Zeitung aus der Hand.)

Marberg (herausplatzend). Weil er Recht hat.

Hilda (erstaunt). Wie?

Marberg. Es ist eine Geschmacksverirrung von Dir.

Hilda. So?

Egbert. Seinen Mann von solchen Dingen zu unterhalten, zeugt von einer krankhaften Ueberreizung der Nerven.

Hilda. Was willst Du eigentlich? Dich habe ich ja um nichts gefragt.

Egbert. Meine sittliche Entrüstung macht sich Luft. — Den Zeugen auskundschaften! Soll er etwa Jemanden darauf anreden? Ich würde bis unters Kinn roth werden — und der Buchstabe M. bliebe mir in der Kehle stecken. Wenn Eustach sich dazu hergiebt, so bedaure ich ihn.

Marberg (lächelnd). Ereifre Dich nicht, Egbert. Sie hat's ja nicht ernst gemeint.

Egbert. Ach, die kenne ich.

Marberg (sanft). Beruhige ihn, Hilda. Sage ihm, daß er Dich nicht kennt.

Hilda (beleidigt). Ich sage überhaupt nichts mehr.

5. Auftritt.

Vorige. Ulrich, Ottonie (aus der Seitenthür rechts).

Ulrich. Kinder — Euer erster Flittertag hat mich sehr befriedigt. Nun fahrt so fort. — Wir ziehen uns jetzt auf ein Stündchen zurück.

Hilda (steht auf und spricht mit Ottonie).

Marberg. Sie wollen schon gehen?

Ulrich. Ich bedarf nach jedem Diner meiner Ruhe, um die nöthige Geistesfrische zu haben. — (Giebt Hilda complimentirend die Hand.) Frau Gräfin — — bis nachher. — Egbert — allons.

Egbert. Ich bleibe noch ein Weilchen, Papa.

Ulrich (drängt ihn, während er nach hinten geht, fort). Nichts da. Bei jungen Eheleuten ist ein kurzer Besuch der höflichste. Du kommst mit. (Geht zur Mittelthür rechts.)

Egbert (sieht sich nach Marberg um). Aber —

Marberg (der Egbert gefolgt ist, leise). Geh nur.

Egbert (leise zu Marberg). Die habe ich niedergedonnert — was?

Marberg (leise). Du bist ein Riese.

Egbert (leise). Ich glaube, sie ist mürbe.

(Ulrich, Egbert gehen durch die Mitte rechts ab; Marberg begleitet sie hinaus. Ottonie und Hilda sind im Gespräche langsam gefolgt, und bleiben jetzt, da sich die Thür schließt, allein zurück. Die folgende Scene in beschleunigtem Tempo.)

Ottonie (schnell und eindringlich, mit gedämpfter Stimme). Du darfst das nicht einstecken, Kind — beileibe nicht. Ein Mann, der Dich am erſten Tage ſo vernachläſſigt, weiß in vier Wochen nicht mehr, daß er eine Frau hat.

Hilda. Soll ich heute noch auftreten?

Ottonie. Gleich auf der Stelle. Was Du heute hin= nimmſt, haſt Du für immer zugeſtanden. Traue meiner Er= fahrung. Er macht's, wie es Dein Vater mit mir gemacht hat — — er duckt Dich.

Hilda. O, er iſt ſogar ſchon leidenſchaftlich geworden.

Ottonie. Leidenſchaftlich? Dann giebt's ein Unglück.

Hilda. Wegen einer Lappalie. Weil ich den Prozeß Duvallet leſe. Er nannte das eine Geſchmacksverirrung.

Ottonie. Geſchmacksverirrung? Und was haſt Du ge= antwortet?

Hilda. Nichts.

Ottonie. Nichts? — Aber Kind — antworten iſt ja die Hauptſache.

Hilda. Als ich nach etwas ganz Gleichgültigem fragte, ſprach er von krankhafter Neugier — zog die Sache in's Spaß= hafte —

Ottonie. Aber das iſt ja unerhört! Du mußt ihn ab= trumpfen, daß ihm der Spaß vergeht — nicht ruhen, bis er vor Dir zittert —

6. Auftritt.

Vorige. Marberg (durch die Mitte rechts. Später) **Thomas** (durch die Mitte rechts).

Ottonie (bemerkt den eintretenden Marberg und fährt ohne Unterbrechung, plötzlich im liebenswürdigſten Tone, fort). Herr Gott, ich plaudere noch immer. (Marberg eilig und mit übertriebener Freundlichkeit die Hand drückend.) Adieu, lieber Schwiegerſohn. Ich habe mich unendlich gefreut. (Schnell ab durch die Mitte rechts.)

Hilda (geht langſam zum Sopha rechts und ſetzt ſich).

Marberg (bleibt im Hintergrunde ſtehen und beobachtet ſie eine Weile. Für ſich). Sie iſt ganz deprimirt. — Ich muß ſie tröſten. (Geht auf den Fußſpitzen zum Sopha, beugt ſich von hinten über die Lehne und iſt im Begriffe, ihr einen Kuß zu geben.)

Hilda (ſpringt in die Höhe; ſtreng). Was willſt Du?

Marberg (fährt erſchrocken zurück; dann lächelt er verlegen). Ich? — Ich — ich bin ſehr glücklich.

Hilda (ſpöttiſch). Du biſt die Beſcheidenheit ſelbſt.

Marberg (ſchmeichelnd). Aber Du biſt unzufrieden mit mir. Ich ſehe Dir's an. (Er will ſie bei der Hand faſſen.) .

Hilda (sich losmachend; kalt). Was Du mir ansiehst, ist nicht die Hälfte von dem, was ich auf der Zunge habe.

Marberg. Sprich Dich aus, mein Schatz. — Soll ich inzwischen anspannen lassen?

Hilda. Nein. — Aber Du kannst den Bedienten herein= rufen.

Marberg. Den Bedienten? Wozu?

Hilda. Nur der Gesellschaft wegen. Es ist so langweilig unter vier Augen.

Marberg. Du verkennst mich, Hilda.

Hilda (ihm die gespreizte Hand zeigend). Ich durchschaue Dich, wie diese fünf Finger.

Marberg (abwinkend). Um Gotteswillen!

Hilda. Aber Du hast Dich in mir getäuscht. Ich bin kein Schäfchen, das vor ein wenig Gebelle in den Winkel huscht.

Marberg (kleinlaut). Gebelle?

Hilda. Du hast mich angebellt, mein Lieber — — und ich belle wieder. Solltest Du aber im Zweifel sein, ob ich es ernst meine — so merke Dir: Noch eine solche Lection von Moral=Philosophie, wie Deine heutige — und ich würde vermuth= lich von jeder Geschmacksverirrung geheilt sein — vielleicht auch von der, Dich zum Manne genommen zu haben. — Du willst mich zur Marionette machen? Mir soll nicht erlaubt sein, was mir gefällt?

Thomas (tritt durch die Mitte rechts ein und bleibt im Hinter= grunde stehen).

Hilda (ohne Unterbrechung fortfahrend). Nun denn, es ge= fällt mir, den Proceß Duvallet zu lesen — es gefällt mir, darüber zu reden — es gefällt mir, nach dem Zeugen zu fragen — und ich werde den Proceß lesen — ich werde darüber reden — ich werde den Zeugen erfragen — und ich verbiete Dir solche Eingriffe in meine Frauenrechte — hörst Du? (Greift die Zeitung vom Tische und zerreißt sie wüthend in Fetzen.) Ich verbiete sie Dir! Ich verbiete sie Dir! Ich ver= biete sie Dir! (Hat sich dermaßen in Zorn geredet, daß sie von dem Eintritt Thomas' nichts bemerkte.)

Marberg (der Thomas eintreten sah, hat ihr vergebens Zeichen gemacht, zu schweigen, und steht jetzt in Verzweiflung).

Thomas (nach einer kleinen Pause; meldend). Fräulein Gott= hard und mehrere andere Herrschaften.

Marberg (aufathmend). Sehr angenehm.

Unverkäufliches Manuscript.

Thomas (öffnet die Thür im Hintergrunde, läßt eintreten und geht dann ab).

7. Auftritt.

Vorige. Lucie, Prätorius, Margarethe, Susanne (durch die Mitte rechts).

Hilda (geht Lucie entgegen; heiter, als ob nichts vorgefallen wäre). Willkommen, liebe Lucie.

Lucie (indem sie Hilda die Hand giebt). Wundere Dich nicht über diese Heimsuchung. — Egbert hat uns hier ein Rendezvous gegeben. Er führt Susanne und mich in's Theater, und da kann ich Dich im Vorübergehen noch mit meinen Freunden bekannt machen. (Vorstellend.) Dies sind die lieben Eltern meiner Susanne — Papa Prätorius, ein großer Musiker — und wer Ihr seid, wissen sie.

Prätorius (gutmüthig, bescheiden, in Maske und Kleidung philiströs — verbeugt sich). Herr Graf —

Margarethe (sich verbeugend). Frau Gräfin —

Marberg (macht den Alten eine Verbeugung).

Susanne (durchweg sehr einfach, aber geschmackvoll gekleidet; geht auf Hilda zu und reicht ihr die Hand). Ich bin Susanne — eine Milchschwester von Lucie.

Hilda (zu Lucie). Milchschwester? Das hast Du mir nie erzählt.

Susanne (lachend). Sie spricht nicht gern von unserer gemeinschaftlichen Amme — weil's ein greuliches Geschöpf war. (Bezeichnend.) Solche Ohren hatte sie — ganz behaart — und fraß nichts als Heu und Disteln. Es war nämlich Eselsmilch, in der wir Schwesterschaft tranken. Lucie war ein sehr zartes Kind, als sie zu uns kam — ich hatte auch nicht viel über — und da ein Esel doch angenehmer ist, als zwei Ammen, und wir gerade einen im Stalle hatten — so wurden wir auf sehr bequeme Art groß. (Treuherzig.) Verzeihen Sie nur, daß ich Alles so herausschwatze — es liegt einmal in mir, daß ich garnicht wählerisch in der Sprache bin.

Hilda. Das ist recht, Kind.

Susanne. In den großen Städten verfeinert man sich. Lucie hat auch schon etwas davon abgekriegt. Wir in unserer Ländlichkeit bleiben immer dieselben — wir drehen uns mit der lieben Natur ewig im Kreise.

Hilda. Sie wohnen auf dem Lande?

Sufanne. Das nicht — aber ländlich. Haffelrode ift schon ein ganz hübsches Städtchen. Unsere Häufer find numerirt — wir wohnen 105 — und auf Reinlichkeit in den Straßen wird sehr gehalten. Vieh darf nur an Wochentagen durch die Stadt getrieben werden.

Hilda. Wie praktisch!

Sufanne. Das Befte bei uns ift die Luft — die so recht herzhaft durchfegt. Drum wurde auch Lucie zu uns gebracht. (Indem fie Lucie die Hand reicht.) Wir wuchsen mit einander auf, und find uns bis heute treu geblieben.

Margarethe. Sufanne, hemme ein wenig Deinen Redefluß, und laß Andere auch zu Worte kommen.

Hilda. Laffen Sie fie doch. — Ich höre Ihnen gern zu, liebe Sufanne.

Marberg (ift inzwischen zu Prätorius getreten). Sie find nur hier, um die Hauptftadt zu sehen?

Prätorius. Ach nein. Eigentlich — wenn ich mich so ausdrücken darf — in einer Herzensangelegenheit.

Marberg. Ei!

Prätorius. Erschrecken Sie nicht, Herr Graf — in einer ganz unschuldigen. Es ift nur ein Herz dabei betheiligt — das meinige.

Marberg. Das reicht manchmal aus.

Margarethe. Mach' doch den Herrn Grafen nicht irre.

Lucie. Papa Prätorius hat eine Symphonie componirt —

Prätorius. Wenn ich mich so ausdrücken darf. — Es ift die Summe alles deffen, was meine Wenigkeit der Welt zu sagen hat.

Lucie. Und er ließe fie gern hier aufführen.

Marberg. Ift fie schon Jemandem eingereicht?

Prätorius. Noch nicht.

Sufanne (bedauernd). Papa hat fie schon in alle möglichen Städte geschickt — und überallher zurückbekommen. Ach, und es ift eine so schöne Symphonie. Wenn wir fie nur einmal hören könnten!

Marberg (zu Prätorius). Sind Sie ein Anhänger der neueren Richtung?

Sufanne. Nein — davon bekommt Papa immer einen dicken Kopf.

Marberg. In welchem Style also —?

Prätorius. Nun — wenn ich mich so ausdrücken darf — im Beethoven'schen Style.

Marberg. Ah! — Uebrigens trifft sich das gut. Ich bin selbst leidlich musikalisch — Sie sehen es daraus, daß dort der Beethoven steht — (Zeigt auf die Büste im Hintergrunde.)

Susanne. Richtig. — (Tritt vor die Büste.) Finden Sie nicht, daß Papa Aehnlichkeit mit ihm hat?

Marberg. Das ist häufig so, wenn man in demselben Style schreibt.

Susanne (mit inniger Ueberzeugung). Papa ist ein Genie — Sie können es mir glauben. Er hat nur zu wenig Vertrauen.

Marberg. Dem wollen wir schon abhelfen. Professor Zanetti, mein Lehrer —

Prätorius. Der berühmte Geiger?

Marberg. Derselbe. Er wird Ihnen mit sachverständigem Rathe gern zur Hand gehen. Wenn Sie das Werk ihm an= vertrauen wollen — er giebt viele Concerte — durch ihn können Sie eine Aufführung am leichtesten bewerkstelligen.

Prätorius (in freudiger Erregung). Es wäre meine höchste Glückseligkeit!

Margarethe (gerührt). Anton!

Prätorius (ebenso). Margarethe! (Sie umarmen sich.)

Margarethe. Wenn Du aus Deiner Dunkelheit hervor= trätest — — mein Gott, mir zittern alle Glieder.

Prätorius (besorgt). Rege Dich nur vorher nicht auf. — Ja, Herr Graf — es hängt ein Stück unseres Lebens an diesem Gedanken. Ich verzichte auf jedes Honorar.

Marberg. Um Gotteswillen! Das verdächtigt den Künstler.

Susanne. Freilich, Papa. Das ist unkünstlerisch.

Prätorius (bescheiden). Ich bin so wenig gewohnt, außer meinem Gehalte Geld einzunehmen —

Marberg. Das lernt sich.

Susanne. Das Geld will ich schon unterbringen, Papa.

Prätorius. Nun wohl — so werde ich dem Herrn Professor gleich morgen die Partitur überreichen. — Wenn Sie die Gewogenheit hätten, Herr Graf, mein Anliegen mit einer Zeile gütigst zu befürworten —

Marberg Herzlich gern. Wollen Sie mir in mein Arbeitszimmer folgen? Bestimmen Sie selbst den Wortlaut — (Er geht auf die Seitenthür links zu.)

Prätorius (folgt, indem er sich mehrere Male ängstlich nach Margarethe umsieht).

Margarethe. Darf ich mitkommen, Herr Graf? Mein Mann ist in diesen Dingen etwas unbeholfen —

Marberg. Ich bitte sehr, verehrte Frau.

Margarethe (folgt, indem sie sich ängstlich nach Susanne umsieht).

Susanne. Kann ich nicht auch dabei sein, Herr Graf? Papa und Mama thun nicht gern etwas ohne meine Einwilligung.

Marberg (lächelnd). Ich finde das sehr begreiflich. (Die Thür öffnend.) Wenn Sie die Güte haben wollen?

Margarethe (geht in die Seitenthür links ab). 137

Susanne (während sie geht, zu Lucie). Das Geschäft geht vor. Ich komme gleich wieder. (Ab Seitenthür links.)

Prätorius (an der Thür, zu Marberg). Sie ist — wenn ich mich so ausdrücken darf — unser kleiner Vormund.

Marberg. Scheint mir — wenn ich mich so ausdrücken darf — das natürlichste Verhältniß.

Prätorius }
Marberg   } (in die Seitenthür links ab).

(Während der vorigen Scene hat sich Niemand gesetzt.)

Lucie. Wie gefällt sie Dir?

Hilda. Sie ist reizend.

Lucie. Du sollst sie erst kennen lernen. (Zieht sie nach vorn rechts, wo sich Beide setzen. Indem sie aus ihrem Muff ein Buch in groß Octav herausnimmt.) Ich habe Dir etwas mitgebracht, das Dich amüsiren wird. Seit Kurzem ist sie auffallend verändert — und ich wette, es spielt ein kleines Abenteuer hinein. Neulich kam sie merkwürdig aufgeregt von der Eisbahn zurück. So ausgelassen toll — und wieder so närrisch traurig — kurz, in einer sehr verdächtigen Mädchenlaune. Natürlich blieb dieser Zustand meinem Scharfblick nicht lange verborgen — und ich fing an zu sondiren. Sie leugnete kurzweg, wurde über und über roth, und verstummte. Nun wußt' ich Bescheid. Da fällt mir heute dies Buch in die Hände — ihre Poesien. (Schlägt die erste Seite auf und zeigt sie Hilda.) „Stimmungen." Unter gestrigem Datum steht Folgendes: (Lesend.)

Frau Sonne, Frau Sonne,
Was hast Du gemacht?
Hast heut' um mein bischen
Verstand mich gebracht.
Unverkäufliches Manuscript.

Raubst mir mit Deinem
Bezaubernden Licht
Zwei hellblaue Augen,
Und ein süßes Gesicht.
Frau Sonne, Dein Gold
Ist ja halb nicht so warm,
Als des Herzallerliebsten
Umfangender Arm.
Frau Sonne, Frau Sonne,
Was wird nun daraus?
Der Verstand ist verflogen,
Das Lieben ist aus.

(Das Buch zeigend.) Nachts zwölf Uhr.

Hilda (lächelnd). Für die späte Stunde eine delicate Stimmung. (Nimmt ihr das Buch aus der Hand und steht auf.) Lucie, das Buch mußt Du mir hier lassen.

Lucie (aufstehend). Um's Himmelswillen, Hilda —

Hilda. Ehe Du aus dem Theater kommst, hast Du's im Hause.

Lucie. Ehrenwort?

Hilda (geht zum Schreibtisch links und schließt es schnell in ein Schubfach). Ehrenwort. Ich muß das lesen.

Lucie. Still — es kommt Jemand.

8. Auftritt.

Vorige. Egbert (durch die Mitte rechts).

Lucie (freudig). Nun, liebster Egbert? Wir warten auf Dich.

Egbert (ist langsam und nachlässig eingetreten; Lucie mit einem gleichgültigen Blicke streifend). So?

Lucie. Wenn es Dir recht ist, gehen wir.

Egbert (immer mit vollständiger Gleichgültigkeit). Wohin?

Lucie. Aber, guter Egbert — in's Theater.

Egbert. Ja so — Ihr wolltet in's Theater.

Lucie. Susanne freut sich, wie ein Kind — und ich bin überall gern, wo ich Dich habe.

Egbert. Dann wirst Du im Theater nicht gern sein.

Lucie. Wieso?

Egbert (sie firirend). Ich will zu Hause bleiben. Ich bin nicht aufgelegt.

Lucie (theilnehmend, herzlich). Ach Gott, das thut mir aber leid.

Egbert. Du brauchst Dich meinetwegen nicht zu geniren. Wenn Du Vergnügen daran findest —

Lucie (immer wie oben). Jawohl, mir gönnst Du Alles. Es macht mir aber nichts Freude ohne Dich.

Egbert (für sich, triumphirend). Sie geht nicht. — Das gute Wesen! — Papa blamirt sich fürchterlich.

Lucie (auf ihn zugehend; zärtlich). Was hast Du?

Egbert. Ach, ich bin unzufrieden.

Lucie. Mit mir?

Egbert. Nein, Du bist unschuldig.

Lucie (bittend). Komm mit.

Egbert. Ich darf nicht.

Lucie. Du darfst nicht?

Egbert. Gieb Dir keine Mühe. Es ist zu unserem Besten.

Lucie. Wie soll ich das verstehen?

Egbert. Laß nur. Es wird Alles gut werden.

Lucie. Ja, was ist denn schlecht?

Egbert. Die Welt ist schlecht, Lucie. Aber wir werden sie bessern.

Hilda (lachend). Das soll nämlich auf mich gehen.

Lucie (sieht abwechselnd auf Hilda und Egbert). Ja so — — jetzt begreife ich! — Aber Kinder — unter Geschwistern! (Faßt Egbert bei der Hand und zieht ihn zu Hilda hinüber.) Gleich gebt Euch die Hände.

Egbert (erstaunt). Was willst Du denn?

Lucie. Deine gute Laune will ich Dir wiedergeben. (Faßt Hilda's Hand und legt sie in die Egbert's.) So — nun ist Alles in Ordnung. — Nun küßt Euch.

Egbert. Aber das ist ja ganz unnöthig.

Lucie. Du bist der Bruder. Du giebst ihr einen Kuß.

Egbert (zu Lucie). Wenn's Dir Vergnügen macht? (Er küßt Hilda flüchtig.)

Lucie (froh). Abgemacht! (Küßt Egbert.) Ich danke Dir. Du bist ein seelenguter Mensch.

Egbert. Wieso?

Lucie. Weil Du nun mitkommst.

4*

Egbert. Ich denke nicht dran.

Lucie (sehr erstaunt). Wie?

Egbert (schüttelt Lucie die Hand). Wir halten zusammen, und wenn sich Alles auf den Kopf stellt, nicht wahr?

Lucie. Gewiß.

Egbert (umarmt sie). Meine liebe Lucie!

Lucie. Mein Egbert! — (Während sie ihn umschlungen hält, freundlich zu ihm auflächelnd.) Holst Du uns wenigstens ab?

Egbert (starr). Was?!

Lucie (betrübt). Auch das willst Du nicht?

Egbert (sieht sie argwöhnisch an und geht auf die Seite). Nein. — (Für sich.) Sie geht? — Papa hat doch Recht.

Lucie. Es ist jammerschade. Ich hatte mich so auf den Abend gefreut, und nun läßt Du uns allein.

Egbert (vorn, für sich). Sie merkt nicht einmal, wie gleich= gültig ich bin!

9. Auftritt.

Vorige. Susanne (aus der Seitenthür links).

Susanne (eilig). So, Lucie — ich bin zu Deiner Ver= fügung. (Zu Egbert.) Guten Abend, Herr Baron.

Egbert (verbeugt sich).

Lucie (sich zum Fortgehen anschickend). Wir sind nun ganz ohne Schutz, Susanne. Mein Bräutigam fühlt sich nicht wohl.

Susanne. Komm nur. In meiner Gesellschaft bist Du sicher.

Lucie (reicht Egbert die Hand). Adieu, mein Guter. Sehe ich Dich morgen früh?

Egbert. Das ist ungewiß.

Lucie. Also zu Mittag?

Egbert. Ich esse zu Hause.

Lucie. Aber doch gleich nach Tische — ja?

Egbert. Vielleicht.

Lucie (ihm die Hand drückend, herzlich). Leb' wohl. (Giebt Hilda die Hand.) Adieu, Hilda. (Macht ihr heimlich Zeichen, sie möge Egbert versöhnen.)

Susanne (Hilda die Hand gebend). Auf Wiedersehen, Frau Gräfin.

Hilda. Ich rechne darauf, liebe Susanne.

(Lucie und Susanne gehen der Thür im Hintergrunde zu.)

Stellung:

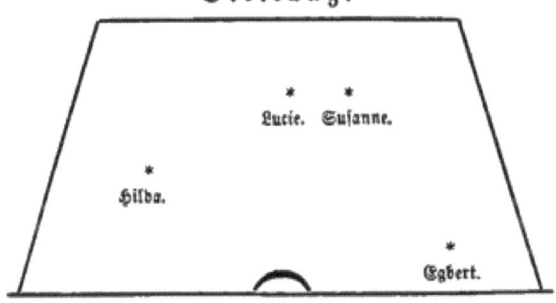

Egbert (Lucien nachrufend). Amüfire Dich!

Lucie (im Abgehen Egbert zurufend). Und Du läßt mir das Kopfhängen — verstanden? (Mit Susanne durch die Mitte rechts ab.)

Egbert (für sich, erstaunt). Sie ist seelenvergnügt! — Ich bin vollständig abgekühlt.

10. Auftritt.

Vorige. Prätorius. Margarethe. Marberg (aus der Seitenthür links).

Hilda (zu Prätorius und Margarethe). Meinen Bruder haben Sie ja schon kennen gelernt?

Prätorius } (sich verbeugend). Wir waren so frei.
Margarethe }

Egbert (leise zu Marberg). Nette Leute — was?

Marberg (leise). Wenn Dein Papa die sieht, kehrt er um.

Hilda (zu Prätorius und Margarethe). Sie schwärmen nicht für Theater, wie es scheint.

Margarethe. O — sehr. Mein guter Mann ist nur heute etwas müde. Er hatte gestern einen schlimmen Tag.

Hilda (zu Prätorius). So? Waren Sie übermüthig?

Prätorius. Ach nein.

Margarethe. Ein Landsmann von uns, der hier am Gericht beschäftigt ist, hatte ihm eine Karte zu der gestrigen großen Verhandlung verschafft —

Hilda (lebhaft). Zum Prozeß Duvallet?

Prätorius. Ja.

Hilda (schnell zum Sitzen einladend). Aber bitte, nehmen Sie doch Platz. (Sie deutet nach rechts.)

Unverkäufliches Manuscript.

Prätorius. } Sehr gütig.
Margarethe.

Prätorius (setzt sich auf einen Stuhl an der linken Seite des Tisches).

Margarethe (setzt sich in's Sopha).

Hilda (setzt sich auf einen Stuhl an der rechten Seite des Tisches).

Egbert (geht in den Vordergrund links und setzt sich in einen Fauteuil; leise zu Marberg). Das hast Du gut getroffen.

Marberg (setzt sich ärgerlich neben Egbert).

Prätorius (während er sich setzt). Ich war hingegangen — aber es hat mich doch recht angegriffen. Das entsetzliche Gedränge — die Hitze — den ganzen Tag nur eine einzige kleine Mahlzeit —

Hilda. Und entfernen mochten Sie sich nicht?

Prätorius. Dazu war mir die Sache — wenn ich mich so ausdrücken darf — zu scandalös. Die allgemeine Aufregung hatte mich so angesteckt — daß ich schließlich nicht wußte, ob ich Zuschauer oder angeklagt war. — Und am Nachmittag kam erst der eigentliche Höhepunkt — das Zeugenverhör.

Hilda. O bitte, erzählen Sie doch.

Prätorius. Es war ein kolossales Gemälde, Frau Gräfin. Der Gerichtshof in seiner unerbittlichen Amtstracht — die Angeklagte unter der Last der Schuld — die lieblichen Töchter von Gram verzehrt — und dicht neben ihnen ihre einstigen Anbeter, lauter noble Gesellschaft mit schlechtem Gewissen — — so das richtige Zeitbild!

Egbert (leise zu Marberg). Wenn der das heutige Gemälde gesehen hätte — ich danke.

Marberg (macht Egbert Zeichen, zu schweigen).

Hilda. Sie schildern so anschaulich, Herr Prätorius, daß ich beinahe wünschte, ich wäre dort gewesen.

Prätorius (harmlos). Wünschen Sie sich das nicht, Frau Gräfin. Ich war halb todt. Nicht mit Gewalt hätte man mich heute wieder hingebracht.

Egbert (leise zu Marberg.) Da hat er das Beste versäumt.

Marberg (leise). Der Mann regt mich auf.

Prätorius. Anschaulicher wird ja die Sache, wenn man die Persönlichkeiten vor sich sieht. Die Zeitungen bringen nur Namen.

Hilda. Und auch die nicht einmal.

Marberg (wird unruhig).

Hilda. Haben Sie die heutige Verhandlung gelesen?

Prätorius. Leider noch nicht.

Hilda (wirft einen Blick auf die an der Erde liegenden Papierstücke). Schade — das Blatt ist mir abhanden gekommen. — Da wird ein Zeuge garnicht genannt —

Prätorius. Nicht genannt?

Egbert \
Marberg } (sitzen in steigender Unruhe).

Hilda. Oder nur der Anfangsbuchstabe. Ich finde eine solche Parteinahme der Presse ungerecht. Wer sich öffentlich anrüchig macht, darf auch öffentlich genannt werden.

Prätorius. Unbedenklich.

Hilda. Ein Buchstabe reizt nur die Neugier —

Prätorius. Und man will dahinter kommen — so ist es. — Wenn es Sie übrigens interessirt, Frau Gräfin — ich brauche nur meinen Landsmann, den Gerichtsschreiber, zu fragen. Er wohnt allerdings sehr entfernt —

Marberg \
Egbert } (stehen auf und sehen sich, wie vorhin, erschrocken an).

Hilda (sehr freundlich). Sie thäten mir einen Gefallen, Herr Prätorius.

Prätorius. Gern, Frau Gräfin.

Hilda. Es ist nicht nothwendig, daß Sie meinen Namen nennen —

Prätorius. Bewahre — dergleichen interessirt Jeden. Ich frage für mich —

Hilda. Ganz beiläufig — wer der Zeuge M. war.

Prätorius. Ganz beiläufig. Es macht mir Vergnügen, Ihnen den kleinen Dienst erweisen zu können.

Hilda (sieht sich nach Marberg um, arglos lächelnd). Nun, mein lieber Eustach? — (Aufstehend, für sich.) Das war die Strafe.

Marberg (leise zu Hilda, wüthend). Du compromittirst Dich ja.

Hilda (schnippisch, leise). Es gefällt mir so.

Prätorius \
Margarethe } (sind gleichfalls aufgestanden).

Prätorius. Doch es ist wohl Zeit —

Margarethe. \
Prätorius. } Daß wir uns empfehlen —

Hilda (verbindlich). Ich hoffe, Sie nehmen eine Tasse Thee bei uns —

Prätorius. } D —
Margarethe. }
Hilda. Auf jeden Fall.

11. Auftritt.

Vorige. Thomas, Müller (durch die Mitte rechts).

Thomas (die Thür öffnend und eintretend). Hier sind die Herrschaften. (Läßt Müller eintreten.)

Müller (kommt zaghaft herein; sehr erstaunt). Ja, was bedeutet denn das? — (Verbeugt sich.) Guten Abend allerseits. — Ich komme, mir meine Noten zu holen. Sind Sie denn nicht in Paris?

Marberg (giebt ihm die Hand). Wir haben den Zug versäumt.

Müller (stellt sich Prätorius vor). Müller.

Prätorius. Ich heiße Prätorius.

Müller (stellt sich Margarethe vor). Müller.

Margarethe. Ich heiße Prätorius.

Hilda (hat inzwischen Thomas leise einen Befehl gegeben).

Thomas (geht in die Seitenthür rechts ab).

Müller (sich zu Hilda wendend). Ich denke, hier ein leeres Nest zu finden — und treffe ein gemüthliches Heim?

Hilda. Nicht wahr, es ist gemüthlich?

Marberg (für sich). Fabelhaft.

Müller (zu Hilda). Und nun bleiben Sie hier?

Hilda. Vorläufig.

Müller (zu Marberg). Dann könnten wir vielleicht morgen ein Quartett —

Marberg (ausweichend). Wissen Sie, lieber Müller — Quartett in den Flitterwochen — — das macht sich nicht.

Müller (lächelt).

Marberg. Sie lächeln.

Müller. Ich begreife — man spielt lieber Duo's.

Marberg. Es wird Ihnen einst ebenso ergehen.

Müller (mit tiefem Seufzer). Ach!

Hilda (hat inzwischen mit Margarethe gesprochen und setzt sich jetzt vor den Schreibtisch).

Egbert (hat sich mit Prätorius unterhalten).

Prätorius (zu Egbert, leise). Der Herr ist Musiker?

Egbert. Nein — Student.

Prätorius. Ah. — (Er tritt zu Müller.) Sie besuchen die Universität, mein Herr?

Müller. Hin und wieder.

Prätorius. Was studiren Sie — wenn ich mich so aus=drücken darf?

Müller. Ich weiß es noch nicht genau.

Prätorius. Also wohl im ersten Semester —

Müller. Nach Semestern rechne ich nicht. Ich bin noch im ersten Decennium. Ein reicher Onkel war so unvorsichtig, mir testamentarisch ein jährliches Stipendium von dreitausend Thalern auszusetzen, so lange ich die Universität besuchen würde. Sie können sich denken, daß ich von dieser Klausel den aus=giebigsten Gebrauch mache — und mich vorerst als sogenannter Dauerstudent etablirt habe. Bei der Schwierigkeit, heutzutage von der Wissenschaft angenehm zu existiren, kommt mir diese dauernde Stellung sehr gelegen.

Prätorius (leise zu Margarethe). Der Mensch gefällt mir nicht.

Margarethe (leise zu Prätorius). Er sieht so unsolide aus.

Marberg (der während dieser Scenen mit Hilda nicht sprechen darf, ist inzwischen in Gedanken auf und ab gegangen).

Egbert (ist zu Müller getreten).

Stellung:

12. Auftritt.

Vorige. Thomas (aus der Seitenthür rechts).

Thomas. Der Thee ist aufgetragen.

Hilda (aufstehend). Darf ich bitten, meine Herrschaften? (Sie deutet auf die Seitenthür rechts.)

Alle (ab bis auf Thomas).

Thomas (allein; die Stücke der zerrissenen Zeitung vom Boden aufnehmend). Da schwimmen noch Spuren der Eheftandsscene von vorhin. Wenn das so angeht, bin ich auf die Fortsetzung gespannt.

13. Auftritt.

Thomas. Hilda (aus der Seitenthür rechts).

Hilda. Servire drinnen, Thomas.

Thomas. Zu Befehl. (Ab Seitenthür rechts.)

Hilda (allein; während sie zum Schreibtisch eilt und das Buch aus dem Schubfach nimmt). Die Unterhaltung ist im Gange — (sich vor den Schreibtisch setzend) ich habe mich einen Moment fort- gestohlen, um mich in Susanne's „Stimmungen" zu versetzen. — (Blättert und liest.)

> Nach einem Herzen sehn' ich mich,
> Nach einem warmen Herzen,
> Das mit mir meine Freuden fühlt
> Und mit mir — (lächelnd) meine Schmerzen.
> Dem lachend ich den lust'gen Schalk
> In meiner Seele zeige,
> Vor dem in tiefster Demuth ich
> In meiner Sünd' mich neige.

(Sprechend.) Das Kind hat Talent.

14. Auftritt.

Hilda. Müller (aus der Seitenthür rechts. Später) **Thomas** (aus der Seitenthür rechts).

Müller. Ich vermisse Sie, gnädige Frau.

Hilda. Wollen Sie mir Gesellschaft leisten? Ich lese Ihnen etwas vor.

Müller (rückt eilig einen Sessel neben sie und setzt sich). Darf ich?

Hilda (ihm das Buch vorhaltend). Weibliche Gedichte.

Müller (zieht ein saures Gesicht). Ach, Du Barmherziger!

Hilda. Aber Herr Müller! — Glauben Sie, ein Mädchen hat keine Stimmungen?

Müller. Wenn sie dichtet, ist sie in einem Alter, wo man sich auf andere Weise nicht mehr Luft machen kann.

Hilda. Sie irren. Sie ist garnicht alt.

Müller. Nun ich wette, sie ist aus dem Schneider.

Hilda. Aus dem Schneider?

Müller. Pardon — ich dachte an Skat.

Hilda (liest).

>Ich auch glaubte seinen Augen,
Ich auch hörte auf sein Flehn,
Hab' mich ganz ihm hingegeben,
Und dann hieß er kalt mich gehn.

(Sprechend.) Wie gefällt Ihnen das?

Müller. Hab' mich ganz ihm hingegeben? — — Scheint 'ne Gelegenheitsdichtung zu sein.

Hilda. Sie sind ein Spötter. Sie verstehen solche Stimmungen nicht.

Müller. Ich? — (Tief seufzend.) Ach!

Hilda (liest).

Müller (nach einer langen Pause). Ob sich das Wetter bald ändern wird?

Hilda (lächelnd, während sie liest). Ich werde Ihnen nächstens einen Thermometer verehren.

Müller (einen Thermometer aus der Brusttasche ziehend). Gnädige Frau, ich trage immer einen bei mir.

Hilda (verwundert). Wie?

Müller. Sie haben Sinn für zarte Regungen. Ich will mich Ihnen anvertrauen. — (Schüchtern.) Ich bin verliebt.

Hilda (überrascht). In wen?

Müller. Ich weiß es nicht. — Wir sind uns auf dem Eise begegnet — — und die Sonne hat uns auseinander geschmolzen.

Hilda (sieht ihn lange prüfend an; dann lächelt sie, steht auf, und schließt das Buch wieder in's Schubfach).

Müller (hat sie gespannt beobachtet und steht jetzt auf). Sie gehen? — Jetzt, wo Sie Alles wissen?

Hilda (in die Mitte tretend, lachend). Natürlich. Was wollen Sie noch von mir?

Müller. Sie sind abscheulich.

Hilda. Aber Sie sollen mir nächstens mehr erzählen.

Müller. Nächstens. Sie schließen sich ja nächstens von der Welt ab.

Hilda (nach einer kleinen Pause). Verkehren Sie bei Gotthard's?

Müller. Ich habe an Ihr Fräulein Schwägerin ein Vielliebchen verloren — das möchte ich abtragen.

Hilda. Morgen finden Sie mich dort.

Manuscript not for sale.

Müller. Sie? — Dann komme ich morgen auch.

Hilda. Um welche Zeit?

Müller. Um ein Uhr habe ich Frühschoppen — also um vier.

Hilda. Schön.

Müller (verschämt). Und was ich Ihnen entdeckt habe, bleibt unter uns?

Hilda (pfiffig lächelnd). Ich werde doch solche Dinge nicht ausplaudern? — (Auf die Seitenthür rechts deutend.) Nun kommen Sie hinein.

Müller (ihr den Arm bietend). Darf ich Sie führen?

Hilda (seinen Arm nehmend und gehend). Und wenn Ihre Unbekannte uns sähe?

Müller (im Abgehen). Ich ließe Sie auf der Stelle los.

Thomas (tritt mit Theegeschirr aus der Seitenthür rechts).

(Müller und Hilda Arm in Arm in die Seitenthür rechts ab.)

15. Auftritt.

Thomas (allein).

Thomas (blickt den Beiden bedenklich nach). Na, na, na, na! Sollte das schon die Fortsetzung sein?

16. Auftritt.

Thomas. Marberg, Egbert (aus der Seitenthür rechts).

Marberg (sehr aufgeregt; zu Thomas). Geh'.

Thomas (ab durch die Mitte rechts).

(Die folgende Scene in schnellem Tempo.)

Egbert. Du weichst ihr aus. Was hilft das?

Marberg. Du hast mich schön hereingeritten!

Egbert. Es giebt nur ein Mittel. Vertraue Dich Prätorius an.

Marberg. Diesem Philister? Eher lasse ich mich scheiden.

Egbert. Er erfährt's ja doch — und morgen weiß es Hilda.

Marberg. Das hast Du davon! Ich mache Dich für Alles verantwortlich.

Egbert. Bevor er geht, mußt Du entschlossen sein.

Marberg (sich in einen Fauteuil links werfend). Dieses M. wird mir noch graue Haare machen.

Egbert (mit einem plötzlichen Einfall). Herr Gott — — ich habe einen Gedanken!

Marberg (gespannt). Was?

Egbert. Laß Müller diesen Zeugen sein.

Marberg (aufspringend). Müller?

Egbert. Er ist ein guter Kerl. Er thut Dir den Gefallen.

Marberg (außer sich vor Freude, ihn stürmisch umarmend). Egbert! — Rufe ihn herein.

17. Auftritt.

Vorige. Müller (aus der Seitenthür rechts).

Müller (in der Thür). Kommen Sie nicht wieder, lieber Graf?

Marberg (fliegt auf ihn zu und zieht ihn nach vorn). Müller! Ihr Name ist auf Gottes weiter Welt verachtet —

Müller (erstaunt). Wie?

Marberg. Aber heute will ich ihn zu Ehren bringen. — Haben Sie den Proceß Duvallet verfolgt?

Müller. Ich lese keine Zeitungen.

Marberg. Um so besser. In diesem Proceß habe ich eine Aussage gemacht — ganz unschuldig — aber Sie begreifen, am Tage nach der Hochzeit spricht man nicht gern darüber.

Müller. Natürlich nicht.

Marberg. In den Zeitungen bin ich nur der Zeuge M — und meine Frau hat keine Ahnung.

Müller. Famos.

Marberg. Jetzt will sie aber erfahren, wer der M. ist.

Müller (froh). Na, da kann ich's ja sein.

Marberg. Wollen Sie das für mich thun?

Müller (ihm die Hand schüttelnd). Mit Wonne. Ich danke Ihnen für Ihr Vertrauen.

Marberg. Sie sind ein Göttermensch.

18. Auftritt.

Vorige. Hilda, Prätorius, Margarethe (aus der Seitenthür rechts).

Hilda. Wo bleibt Ihr denn? Haben die Herren Geheimnisse?

Marberg (mit Pathos). Ja, Hilda.

Prätorius. Dann sind wir wohl ungelegen. Margarethe — (Wollen sich entfernen.)

Marberg. Nein, Herr Prätorius — ich muß dringend

Unverkäufliches Manuscript.

bitten, zu bleiben. — Meine Frau hat Ihnen vorhin einen
Auftrag ertheilt, von dem sie wußte, daß ich ihn nicht billige.
Meine Bitten, Ermahnungen, auf ihren Willen zu verzichten,
sind fruchtlos geblieben — jetzt kann ich ihr die Beschämung
nicht ersparen, die sie sich selbst bereitet. Sie können den Gang
zu Ihrem Freunde sparen, Herr Prätorius. Der Ungenannte,
den sie suchen — — (auf Müller zeigend, der die Mitte hat) hier
steht er!

Hilda. ⎫
Prätorius. ⎬ Herr Müller?!!
Margarethe. ⎭

Müller (vergnügt lächelnd). Ja.

Hilda (sieht Müller erstaunt an). Sie sind der Zeuge M.?

Müller (wie oben). Jawohl — der Zeuge M. bin ich.

Margarethe (leise zu Prätorius). Da hast Du's.

Prätorius (leise zu Margarethe). Scheint ein recht sauberes
Früchtchen zu sein!

(Der Vorhang fällt.)

Ende des zweiten Aufzuges.

Dritter Aufzug.

(Salon bei Gotthard. Eleganteste Einrichtung — geschlossene Dekoration. Eine Mittelthür; rechts zwei Seitenthüren, die vordere zwischen der ersten und zweiten Coulisse. Links eine Seitenthür. Im Vordergrunde links ein Etablissement von Sopha, Tisch und Fauteuils; im Vordergrunde rechts ein solches von Chaiselongue, Tisch und Fauteuil. In der rechten Ecke des Hintergrundes, schräg in's Zimmer hinein, ein Flügel. Im Hintergrunde links ein Bücher= und Musikalienschrank. Zu beiden Seiten der Mittelthür Blumen=Arrangements. Teppiche; reiche Kunstgegenstände.)

1. Auftritt.

Gotthard. Sophie.

Gotthard (sitzt im Vordergrunde rechts und liest eine Zeitung).
Sophie (sitzt im Vordergrunde links, ein Buch lesend).
Gotthard (steht auf und legt die Zeitung aus der Hand). Das Blatt bringt mich um meine Laune. — Und dafür bezahlt man? — Nein. (Er klingelt.)

2. Auftritt.

Vorige. Runge (durch die Mitte).

Gotthard. Runge, die Reichszeitung wird abbestellt.
Runge (älterer Mann). Zum Quartal?
Gotthard. Für mich hört sie heute auf zu erscheinen.
Runge. Sehr wohl, Herr Stadtrath. (Ab durch die Mitte.)
Gotthard (Sophien die Zeitung reichend, und eine Stelle bezeichnend). Lies doch diesen Artikel.
Sophie (sieht in die Zeitung). „Die Tyrannei des Kapital's?"
Gotthard. Ja.
Sophie (lächelnd). Gotthard, davon verstehe ich nichts.
Gotthard. Glückliche Frau! — Mich ärgert der Sapper= menter jetzt zum vierten Male. — Aber nun bin ich fertig mit

den Leuten von dieser Farbe. Die Regierung mag sich für solche Freunde bedanken. Sie bekämpfen scheinbar die Sache — und schmähen in Wahrheit ein System. Wenn ich Minister wäre, mir risse die Geduld.

Sophie (hat die Zeitung bei Seite gelegt und wieder im Buche gelesen). Laß doch diese unerquickliche Politik. Der schlechteste Roman macht Dir mehr Vergnügen.

Gotthard. Das weiß ich. Es handelt sich aber für mich weniger um's Vergnügen —

Sophie. Als um den Aerger. — Du bist seit ein paar Tagen in einer Stimmung —!

Gotthard. Ich habe Ursache.

Sophie. Wieso?

Gotthard. Merkst Du nicht, daß sich etwas vorbereitet?

Sophie. Vorbereitet?

Gotthard. Ist Dir garnichts aufgefallen?

Sophie. Nein.

Gotthard. Nun ja, wenn man sich so in Romane vertieft —

Sophie. Wovon sprichst Du?

Gotthard. Dir ist also ganz entgangen, daß Egbert seit Kurzem unser Kind vollständig vernachlässigt?

Sophie (lächelt und sieht wieder in's Buch). Ich glaube, Du träumst.

Gotthard. Thu mir den Gefallen, lege den Roman aus der Hand, und beschäftige Dich einmal mit uns gewöhnlichen Menschen.

Sophie (das Buch fortlegend). Ich habe hier auch mit keinem Geist zu thun. — Nein, sage mir nur, wie Du auf solche Ideen kommst.

Gotthard. Ich weiß nicht, wie weit Du unterrichtet bist. Ist Dir bekannt, daß er sie gestern nicht in's Theater begleitet hat?

Sophie (lächelnd). Jawohl — und ich kenne auch die Gründe.

Gotthard. Und daß er heute noch nicht hier war, findest Du weiter nicht auffällig?

Sophie. Lieber Gott — ein Zufall.

Gotthard. Ich will Dir diesen Zufall erklären. — Der alte Baron hat mir vorgestern in's Gesicht gesagt, daß er diese Verbindung nicht wünscht.

Sophie. Nun — und?

Gotthard. Und daß er Alles thun wird, seinen Sohn davon abzubringen.

Sophie. Nun — und?

Gotthard. Nun — und? Ist Dir das noch nicht genug? — Egbert ist schwankend geworden, und zieht sich zurück. Das ist der Schlüssel zu seinem Verhalten.

Sophie. Was Ihr Männer für Begriffe von Liebe habt! — Meinst Du, ein Bräutigam würde so im Hui anderen Sinnes, ohne daß die Braut es empfände?

Gotthard. Wer sagt Dir, daß sie es nicht empfindet?

Sophie. Lucie? — Der lese ich die Gedanken aus dem Zucken einer Wimper.

Gotthard. Dann ist sie eben zu unschuldig, um an dergleichen zu glauben. Ich will nicht warten, bis ihr die Augen aufgehen. — Ich habe absichtlich bis heute geschwiegen, um den Verlauf der Dinge abzuwarten. Nachdem ich nun zur Genüge orientirt bin, werde ich morgen beim Alten vorsprechen. Beharrt er bei seiner Meinung, so darf mir Egbert nicht mehr in's Haus.

Sophie. Uebereile Dich damit ja nicht. Du könntest zwei Herzen entfremden, die nicht um den Schatten eines Zweifels gewußt.

Gotthard. Was zu einander gehört, findet sich schon wieder zusammen.

Sophie. Nun ja, ein geleimtes Stück Hausrath überdauert manchmal die ganze Wirthschaft. Aber bei alledem ist mir ein ungeleimtes doch lieber.

3. Auftritt.

Vorige. Lucie (durch die Mitte).

Lucie (in Straßen-Toilette). Guten Tag. Egbert ist doch noch nicht hier?

Sophie. Nein.

Lucie (froh). Das ist gut. Ich glaubte schon, er wartete. — (Den Hut abnehmend.) Ich bin noch einmal bei Hertel und Eggeling gewesen. Das Costüm ist fertig — es sieht reizend aus, Mama.

Gotthard. Schon wieder ein Costüm?

Lucie. Erschrick nicht, Papa. Es kostet nur 50 Mark.

Gotthard. Mehr nicht?

Unverkäufliches Manuscript.

Lucie. Es ist ja für Susanne.

Gotthard. So. — Ist die Rechnung auch für Susanne?

Lucie. Nein, die bekommst Du. Es hat aber damit —

Gotthard. Na, weiter interessirt mich nichts.

Lucie. Doch, Papa — Du mußt das wissen. Es hat damit eine besondere Bewandniß. Susanne hat sich zur silbernen Hochzeit ihrer Eltern eine Solo=Scene geschrieben. So etwas kann sie! Aber zu der Scene gehört ein Costüm —

Gotthard. Und das können wir, meinst Du —

Lucie (ihn streichelnd). Mama hat erlaubt, daß ich ihr die Freude mache. Es ist ein einfaches Bauernkleid —

Gotthard. Für 50 Mark.

Lucie. Du hast doch nichts dagegen?

Gotthard. Bewahre. Ich bin froh, daß es nur 'ne Solo=Scene ist.

Lucie (drückt ihm die Hand). Ich danke Dir. (Geht auf die vordere Seitenthür rechts zu.

Gotthard. Wo willst Du denn hin?

Lucie (kommt zurück, während sie den Mantel auszieht). Arbeiten, Papa. Bis Weihnachten muß noch Manches geschafft werden — und mit meiner Stickerei für Egbert bin ich sehr im Rück= stande.

Gotthard. Nun, Du hast Zeit genug.

Lucie. Egbert ist recht vernünftig, daß er mich jetzt mehr allein läßt. Gewiß vermuthet er so etwas, und will mir nicht immer auf die Finger sehen. Der liebe Mensch — es mag ihm sauer werden. Mir zwar auch — aber das gehört nun einmal dazu, nicht wahr, Papa?

Gotthard. Freilich — das gehört dazu.

Lucie (nimmt ihren Hut vom Tische und will nach rechts vorn).

Sophie (die aufgestanden ist, leise zu Gotthard). Sei vor= sichtig.

Gotthard (leise zu Sophie). Ich sage ja nichts.

4. Auftritt.

Vorige. Susanne (aus der zweiten Seitenthür rechts).

Susanne. Lucie, wo warst Du?

Lucie (umkehrend). Ich habe Einkäufe gemacht.

Susanne. Ohne mich?

Lucie. Natürlich. Ich fange langsam an, mich von Dir zu entwöhnen. Warum wollt Ihr auch übermorgen schon fort?

Susanne (seufzend). Ach, erinnere mich nicht daran.

Gotthard. Suschen, Sie bleiben noch.

Susanne. Wenn ich vor 25 Jahren etwas zu sagen gehabt hätte, Herr Stadtrath — ich würde die Hochzeit meiner Eltern um acht Tage verschoben haben.

Gotthard (lachend). Sie sind so gescheidt — — Sie hätten's fertig gebracht.

5. Auftritt.

Vorige. Prätorius (aus der Seitenthür links).

Prätorius (mit Schreibzeug und Papier). Da bist Du ja, Susanne. Ich suche Dich.

Susanne. Ich denke, Ihr macht Euer Schläfchen?

Prätorius. Erst muß dies erledigt sein. (Zu Gotthard und Sophie.) Ich bitte tausend Mal um Entschuldigung — meine Frau ruht ein wenig — darf ich vielleicht hier —?

Sophie. Bester Herr Prätorius, Sie haben über sämmtliche Räume zu verfügen.

Prätorius (Schreibzeug und Papier auf dem Tische links ablegend). Ich mache von Ihrer Güte Gebrauch. So ein Fremdenbesuch bringt leider auch den liebenswürdigsten Wirthen immer einige Störung —

Gotthard. Nicht im Geringsten, Freundchen. Unser Kind hat zu einer Zeit bei Ihnen logirt, wo es Sie weit empfindlicher störte.

Sophie. Wir hatten gerade vor, Sie zur Verschiebung Ihrer Abreise zu überreden —

Prätorius (bescheiden). Das geht wohl nicht. Ein Familienfest — wenn ich mich so ausdrücken darf —

Gotthard. Können Sie hier feiern.

Prätorius (verlegen). Das wäre denn doch mit Schwierigkeiten verknüpft —

Gotthard. Nun, richten Sie das ganz nach Ihrer Bequemlichkeit ein. Für jetzt wollen wir nicht aufhalten — nicht wahr, Sophie? (Er geht.)

Prätorius. Oh —

Sophie (Gotthard folgend, zu Prätorius). Also bis nachher. — Kommst Du, Lucie?

Susanne (zu Lucie). Du bleib nur hier.

5*

Lucie (Sophien Mantel und Hut gebend). Willst Du das mitnehmen, Mama?

Gotthard (ab vordere Seitenthür rechts).

Sophie (die von Lucie Mantel und Hut in Empfang genommen, vordere Seitenthür rechts ab).

Prätorius (indem er sich links vor den Tisch in's Sopha setzt). Ich habe mir's mit der Symphonie überlegt, Susanne — ich werde sie dem Professor zunächst nur mit einem Briefe von mir einsenden. — Du bist mir dabei wohl behülflich?

Susanne (hat Lucie unter den Arm genommen und sich mit ihr rechts in die Chaiselongue gesetzt).

Lucie. Wir helfen Beide, Papa Prätorius.

Prätorius. Wenn Ihr Mädchen zusammensteckt, bin ich gewöhnlich der Klügste.

Susanne (lachend). Wir sind aber so selten zusammen — nicht wahr, Lucie?

Prätorius (während er schreibt). Hochverehrter Herr Professor!

Susanne (zu Lucie gewendet, das Folgende mit gedämpfter Stimme). Was hast Du eigentlich bei Tische mit Deiner Frage gemeint?

Lucie (ebenfalls mit gedämpfter Stimme). Mit welcher Frage?

Susanne. Ob mir rohes Eis nicht lieber wäre als Vanille=Eis?

Lucie. Wegen des Schlittschuhlaufens.

Susanne. Du machtest dabei so komische Augen.

Lucie. Komische Augen? Ja, die mache ich bisweilen.

Prätorius (vorlesend). „Hochverehrter Herr Professor! Ich habe eine Symphonie componirt —" (Sieht Susanne an.)

Susanne (hinübersprechend). Das ist gut, Papa — so fahre nur fort. (Wie vorhin, sich zu Lucie wendend.) Es kam mir so vor, als hättest Du etwas auf der Zunge gehabt, was Du mir nicht sagen wolltest.

Lucie (wie oben). Sonderbar! — Und mir war's, als ob Du etwas auf der Zunge hättest.

Susanne. Ich? — Keine Idee.

Lucie. Ich auch nicht.

Prätorius (der geschrieben hat, vorlesend). „Ich habe eine Symphonie componirt, und möchte mir erlauben, Ihnen die Gründe dafür anzugeben."

Susanne (hinübersprechend). Wozu das, Papa?

Prätorius. Um anzudeuten, daß ich nicht des Geldes wegen —

Susanne. Das mußt Du anders ausdrücken. (Wie vorhin, zu Lucie). Ich kann mir nicht denken, daß Du mir irgend etwas verschweigen würdest.

Lucie (wie vorhin). Wie kommst Du darauf? Plauderst Du mir etwa nicht Deine geheimsten Gedanken aus?

Susanne. Ach, Lucie — ich bin ja so gern aufrichtig!

Lucie. Du scheinst ein schlechtes Gewissen zu haben.

Prätorius (hat wieder geschrieben und liest vor). „Ich habe eine Symphonie componirt — ohne eigentliche Veranlassung.

Susanne (hinübersprechend). Nein, Papa — das streiche. (Wie oben.) Sage mir, rechnest Du Gedichte auch zu den geheimsten Gedanken?

Lucie. Gedichte?

Susanne. Träumereien, die Du in Verse bringst.

Lucie. Ich träume nie in Versen.

Susanne. Aber ich.

Lucie. Du? — Und das weiß ich nicht?

Susanne. Das weiß keine Seele. Mein Gedichtbuch ist das einzige Geheimniß, das ich vor Dir habe. Darin vergrabe ich Gedanken, die ich Niemandem ausplaudere.

Prätorius (der geschrieben, vorlesend). „Das Werk hat im engeren Familienkreise vielen Beifall gefunden."

Susanne (hinübersprechend). Mußt Du streichen, Papa.

Prätorius. Ja, was bleibt denn da?

Susanne (steht auf und geht zu ihm). Du thust am besten, die Sache mündlich abzumachen.

Prätorius (steht auf und nimmt Papier und Schreibzeug zusammen). Ich wußte vorher, daß Ihr Zwei Allotria treiben würdet.

Susanne. Im Ernst, Papa — Du mußt Dich vorstellen. —

Prätorius. Meinst Du nicht, daß der persönliche Eindruck schaden könnte?

Susanne. Im Gegentheil. — (Indem sie ihn nach hinten führt.) Halte nur erst Deine Mittagsruhe — dann findet sich das Weitere. (Begleitet ihn zur Thür.)

Prätorius. Du hast Recht. Ich will darüber schlafen. (Ab Seitenthür links.)

Lucie (die inzwischen aufgestanden ist). Du — Dein Gedichtbuch muß ich sehen.

Unverkäufliches Manuscript.

Susanne (ängstlich). Lucie, mach' mich nicht unglücklich.

Lucie. Na höre — das muß eine erbauliche Lectüre sein! — Was sind denn das für Gedanken, die Du da einbalsamirst?

Susanne (beklommen). Ja sieh, Lucie — es sind Stimmungen, die ich Dir nicht erklären kann — die ich mir selbst kaum gestehen mag — die in alle Winde zerflattern würden, wenn ich sie Jemandem ausspräche. Da schaffe ich ihnen denn so eine kleine Phantasiewelt, wo sie wenigstens ein Weilchen ihr bescheidenes Dasein fristen. Es ist, bei Gott, nichts Wirkliches, was ich Dir verschweige — es sind Ideen — oft so thörichte, daß ich schon am anderen Tage selbst darüber lächle — — aber wenn ich nun von Dir fort bin — und sitze wieder daheim in meinem engen, ärmlichen Stübchen — so erschrecklich weit von Allem, was Welt heißt — (weich) und ich denke zurück an die schöne Stimmung, in der ich hier war — — (weinend) ach, Lucie — das wird so traurig! (Sie verbirgt ihr Gesicht an Lucie's Halse.)

Lucie (tröstet sie lächelnd). Nun, nun, Susanne — das giebt sich Alles.

6. Auftritt.

Vorige. Runge (durch die Mitte).

Susanne (wendet sich schnell ab und trocknet ihre Augen).

Runge (bringt einen großen Carton, den er Lucie übergiebt). Von Hertel und Eggeling. (Geht wieder durch die Mitte ab.)

Lucie (hat den Carton in Empfang genommen, öffnet denselben und präsentirt ihn Susanne.) Hier — tröste Dich damit.

Susanne (sieht in den Carton). Was ist das?

Lucie. Das ist Deine Bäuerin aus der Gegend von Hasselrode.

Susanne (aufjauchzend). Lucie! — (Ungläubig.) Du hast mich zum Besten.

Lucie (hält ihr den Carton hin). So sieh's nur erst an.

Susanne (blickt zaghaft hinein). Das soll wirklich für mich —?

Lucie. Für wen denn sonst, närrisches Ding?

Susanne (faßt mit zwei Fingern einen Zipfel des Kleides). Ich soll in diesem entzückenden Anzug —

Lucie. Ganz Hasselrode rebellisch machen. Da nimm.

Susanne (nimmt jubelnd den Carton). Ein Costüm! Ich habe ein richtiges Costüm! (Lucie stürmisch umarmend.) Lucie! Ich weiß ja vor Freude nicht, wo ich hin soll. Zu meiner

Scene ein Coſtüm! Das wäre ja garnicht nöthig geweſen! Das muß ich auf der Stelle anprobiren. Die Eltern ſchlafen. Du mußt ſehen, wie es mich kleidet. Ein Coſtüm! Ach Gott, ich habe ja noch nie ein Coſtüm angehabt! (Läuft mit dem Carton in die zweite Seitenthür rechts ab.)

Lucie (allein; lächelnd). Der ganze Schmerz iſt vergeſſen. Hoffentlich hilft ihr das über den Eis-Roman hinweg.

7. Auftritt.

Lucie. Runge (durch die Mitte). (Gleich darauf) Müller (durch die Mitte).

Runge (meldend). Herr Studioſus Müller.

Lucie. Bitte.

Runge (öffnet die Mittelthür, läßt Müller eintreten und geht dann ab).

Müller (mit einem in weißes Seidenpapier gewickelten Päckchen). Ich nehme mir die Freiheit, gnädiges Fräulein, Ihnen meine Aufwartung zu machen.

Lucie. Sehr angenehm, Herr Müller. Meine Eltern werden ſich freuen, Sie in unſerem Hauſe zu begrüßen. Darf ich Sie zu ihnen führen?

Müller. O — Sie ſind zu liebenswürdig. Ich bin ja in Ihrer Geſellſchaft ſo gut aufgehoben —

Lucie. Wenn Sie mit mir vorlieb nehmen wollen, bitte. (Deutet nach links auf einen Fauteuil.)

Müller (indem er ſich links ſetzt). Zu gütig.

Lucie (ſetzt ſich ebenfalls links. Nach einer Pauſe, auf ſein Packet deutend). Wollen Sie nicht ablegen?

Müller (behält das Packet in der Hand). Ich danke gehorſamſt. — (Nach einer Pauſe der Verlegenheit.) Sie werden nach unſerer neulichen flüchtigen Bekanntſchaft einen unvortheilhaften Eindruck von mir empfangen haben.

Lucie. Wieſo, Herr Müller? Ich habe —

Müller. Gar keinen Eindruck empfangen, wollen Sie ſagen. Geniren Sie ſich nicht.

Lucie (lächelnd). Das wollte ich nicht ſagen. Ich habe Sie ſehr luſtig gefunden, und gedacht, das wäre ſo Ihre Gewohnheit.

Müller. Ach nein, gnädiges Fräulein — es war nur die hochzeitliche Feſttagslaune, die mich begeiſterte. Ich bin für Liebesglück ſehr empfänglich — ſelbſt wenn ich mich nicht unmittelbar daran betheiligen darf. Ich kann keiner Trauung beiwohnen, ohne Thränen der Rührung zurückzudrängen. Kürzlich echauffirte ich mich dabei dermaßen, daß ich zum Entsetzen der ganzen Kirche für den Bräutigam mit einem lauten Ja antwortete.

Lucie (lachend). Da waren Sie allerdings sehr bei der Sache.

Müller. Es war voreilig — — aber ein solcher Akt bringt mich um alle Fassung.

Lucie. Dann wünsche ich nur, daß Sie recht bald mit Berechtigung antworten könnten.

Müller. Das heißt: Warten Sie, bis Sie gefragt werden. (Seufzend.) Ach!

Lucie. Aber legen Sie doch das Packet aus der Hand. Es genirt Sie ja.

Müller. Wenn Sie gestatten, genirt es mich wirklich nicht. — (Nach einer Pause.) Ich weiß nicht, gnädiges Fräulein, ob Ihnen noch erinnerlich ist, daß Sie mir neulich den Vorzug eines Vielliebchen's eingeräumt?

Lucie. Gewiß.

Müller. Sie reichten mir Ihren Fächer, auf dem viele berühmte Namen standen, mit der Aufforderung, auch den meinigen hinzuzufügen. Darüber war ich so verblüfft, daß ich ihn hinnahm, und an das J'y pense vergaß.

Lucie (lachend). Ganz richtig.

Müller (indem er das Packet öffnet und eine Säule mit Thermometer überreicht). Es ist nur eine Kleinigkeit, die ich bitte, zur Erinnerung an diese wohlwollende Auszeichnung von mir anzunehmen.

Lucie (nimmt es). Ei — die reizende kleine Säule!

Müller. Ein Thermometer.

Lucie. Schönsten Dank, Herr Müller. Ihr Geschenk soll unter meinen nippes aufgestellt werden. Es ist freilich der sechste Thermometer, der mein Zimmer schmücken wird —

Müller. Oh! — Nun, wenn Sie wünschen, tausche ich ihn gegen einen Barometer um —

Lucie. Bewahre — ich freue mich sehr darüber.

Müller. Sie sind zu gütig. — (Nach einer Pause.) Das Wetter ist jetzt recht lächerlich).

Lucie. Lächerlich?

Müller. Ich bitte Sie — ist das ein December? (Auf

den Thermometer deutend.) Beobachten Sie nur dieses Instrument. Im Zimmer sinkt es — im Freien steigt es.

Lucie. Sie scheinen für Witterungseinflüsse auch sehr empfänglich zu sein.

Müller. Ich beschäftige mich viel mit Meteorologie.

Lucie. Das ist mir neulich schon aufgefallen.

Müller. Ja?

Lucie. Also Naturwissenschaft. Nun weiß ich doch wenigstens, was Sie studiren. Warum haben Sie mir das nicht erzählt?

Müller. Ich renommire nicht gern.

Lucie (lächelnd). Davon bin ich überzeugt.

Müller (nach einer abermaligen Pause). Ich habe den gestrigen Abend bei den Neuvermählten zugebracht.

Lucie. So?

Müller. Ja. Ich erfreue mich dort großen Vertrauens. Marberg ist ein prächtiger Mensch, und hat eine entzückende Frau bekommen.

Lucie. Nicht wahr — meine Schwägerin ist allerliebst?

Müller. Uebrigens wollte sie heut hier sein.

Lucie. Hilda? Davon weiß ich ja nichts.

Müller. Nun, so kommt sie noch. Sie dürfen sie be= stimmt erwarten.

Lucie. Prächtig! Dann bleiben wir beisammen. Viel= leicht haben Sie auch Herrn und Frau Prätorius schon kennen gelernt?

Müller (lächelnd). Ich bin mit dem würdigen Paare gestern zusammengetroffen.

Lucie. Spotten Sie gefälligst nicht. Es sind die Eltern meiner besten Freundin.

Müller. Ah, Pardon — das wußte ich nicht.

Lucie. Susanne Prätorius hat zwar auch nichts Würdiges — — oder verlangen Sie Würde von jungen Mädchen?

Müller (seufzend). Ach, gnädiges Fräulein — wenn ich die Wahrheit gestehen soll —

Lucie. Nun?

Müller (die Hand auf's Herz legend). Ich trage hier ein Ideal — —! Ihre Freundin interessirt mich nicht. Nicht wahr, Sie sind mir nicht böse?

Lucie. Im Gegentheil.

Unverkäufliches Manuscript.

8. Auftritt.

Vorige. Susanne (aus der zweiten Seitenthür rechts).

Susanne (in reizender bäuerischer Tracht. Die Darstellerin beachte, daß ihr hier wie nachher nur eine Zwischen-Scene zum Um= kleiden bleibt. Kommt freudig angelaufen). Lucie! Lucie! Das ist ja zum Küssen — (erblickt Müller und stößt einen Schrei aus) ha! (Sie bleibt wie angewurzelt stehen und bedeckt ihre Wangen mit den geballten Händen.) Herr, mein Gott!

(Müller und Lucie sind aufgestanden.)

Müller (erkennt Susanne und schreit fast à tempo). Ha! (Er steht starr.)

Lucie (geht arglos lächelnd auf Susanne zu und faßt sie bei der Hand). Nun, nun, erschrick nicht — es thut nichts. Der Herr ist ein guter Bekannter von uns. (Zu Müller.) Sie dachte, ich wäre allein. (Vorstellend.) Herr Müller — meine Freundin, Fräulein Prätorius — — das heißt, sie ist jetzt verkleidet — für gewöhnlich geht sie modern. (Zu Susanne.) So laß doch die Hände fort — man sieht Dich ja garnicht.

Susanne (stand unbeweglich und läßt langsam die Arme sinken).

Lucie (zu Müller). Es gilt nämlich eine Ueberraschung — und dies ist die Probe. (Zu Susanne.) Nun laß Dich einmal betrachten — (zieht ihr Taschentuch und trocknet Susanne's Stirn) lieber Himmel, der Angstschweiß steht ihr auf der Stirn. Sei doch vernünftig, Kind — was ist denn dabei? — Herr Müller sagt nichts — nicht wahr?

Müller (starrt wie abwesend Susanne an, ohne zu hören).

Lucie (lachend, laut). Herr Müller!

Müller (zu sich kommend, stotternd). Pardon, gnädiges Fräulein — — nein — ich sage nichts.

Lucie. Wie gefällt Ihnen das Costüm?

Müller (verlegen). Zum Küssen.

Lucie (zu Susanne). Und Du stehst da, als solltest Du geköpft werden. Sonst plappert sie wie eine Mühle. Sprich doch ein Wort.

Susanne (die unbeweglich steht, sieht Lucie bedeutungsvoll an, und schüttelt mit dem Kopfe).

Lucie. Drehe Dich einmal herum. Ich muß eine Rund= ansicht haben.

Susanne (ohne sich zu rühren, zeigt ängstlich auf Müller). Erst bitte — der Herr.

Müller. Ich soll mich herumdrehen?

Susanne. Bitte. Mit dem Gesicht nach dort. (Sie bezeichnet die Richtung, in der er ihr den Rücken kehrt).

Müller. Weshalb, verehrtes Fräulein?

Susanne (dringend). Bitte.

Müller (indem er ihr langsam den Rücken wendet). Ich thue, wie Sie befehlen.

Susanne (schleicht, sobald Müller sich umgedreht hat, ohne aufzusehen auf den Fußspitzen schnell in die zweite Seitenthür rechts ab).

Müller (nach einer Pause). Ist's so gut?

Lucie (die Susanne nachgeblickt, bricht jetzt in Lachen aus). Vortrefflich, Herr Müller. Sie dürfen sich wieder umsehen.

Müller (wendet sich und blickt erstaunt umher). Wie?! — Hat sich das Fräulein entfernt?

Lucie (lachend). Lautlos.

Müller. Wird sie nicht wiederkommen?

Lucie. Ich glaube nicht. Vor Ihnen läßt sie sich nicht mehr sehen.

Müller (ängstlich). Weshalb? — Bin ich vielleicht unhöflich gewesen?

Lucie. Nicht doch. Sie hat so ihre Grillen.

Müller (eifrig). Die junge Dame wohnt bei Ihnen?

Lucie. Besuchsweise.

Müller. Und heißt Prätorius?

Lucie. Susanne Prätorius.

Müller (erfreut). Susanne? — — (Wieder ernst.) Tochter des Herrn und der Frau Prätorius?

Lucie. Ihrer Eltern.

Müller (unwillkürlich). Das ist höchst merkwürdig!

Lucie (lachend). Wie?

Müller. Pardon — ich meinte etwas Anderes. — Wie lange bleibt sie hier?

Lucie. Bis übermorgen.

Müller (erschreckt). Uebermorgen?! (Hält sich krampfhaft an einem Stuhl, um seine Aufregung zu verbergen.) Und wo wohnt sie — dauernd?

Lucie. In Hasselrode.

Müller. Die Stadt kenne ich ja garnicht.

Lucie. Sie verlieren nichts daran. — (Wird aufmerksam). Aber weshalb fragen Sie nach dem Allen?

Müller. Weil ich — weil ich — — (sich überwindend) gnädiges Fräulein, ich stehe am Wendepunkte meines Lebens — es muß heraus. Sie ist es!

Lucie (erstaunt). Wer? Was?

Müller. Ihre Freundin! Ich habe mein Ideal gefunden.

Lucie (nach einer kleinen Pause; lächelnd). Das ist ein schlechter Scherz, Herr Müller. Eben versichern Sie mir, meine Freundin interessire Sie nicht — dann sehen Sie sie zum ersten Male, und gleich wird sie Ihr Ideal? Sie scheinen für Liebesglück in der That sehr empfänglich zu sein.

Müller. Sie wissen nicht, gnädiges Fräulein, was vorhergegangen. Wir kennen uns ja seit einer Ewigkeit.

Lucie. Ewigkeit?

Müller. Und drei Tagen. Wir haben uns schon auf dem Eise angerempelt — pardon.

Lucie (sehr überrascht). Was?!

Müller. Verzeihen sie den Ausdruck.

Lucie. Sie haben — Sie sind —?

Müller. Drei Tage lang habe ich die Nacht nicht geschlafen. Ich habe mich durch die Welt geschlängelt, wie am Faden der Ariadne — und nun finde ich sie endlich — hier — bei Ihnen — — soll mich das nicht glücklich machen!?

Lucie (starr vor Erstaunen). Das ist allerdings höchst merkwürdig.

Müller. Nicht wahr? — (Dringend.) O, gnädiges Fräulein — gehen Sie zu ihrer Freundin. Bekümmern Sie sich um mich garnicht, wenn ich bitten darf. Bestimmen Sie sie nur, wiederzukommen. Sagen Sie ihr, ich müßte sie sprechen. Ich hätte ihr eine Mittheilung zu machen.

Lucie (lächelnd). Warum haben Sie die vorhin nicht gemacht?

Müller (schüchtern). Es ist vertraulicher Natur.

Lucie. Ah so — eine Verhandlung ohne Zeugen.

Müller. Unter Ausschluß der Oeffentlichkeit.

Lucie. Hm, hm. — Wenn sie aber nicht kommt?

Müller. Suchen Sie sie nur davon zu überzeugen, daß ich allein bin.

Lucie. Sie sind köstlich. — Nun gut. Aber ich weiß nichts von der Sache — hören Sie?

Müller. Sie haben keine Ahnung — verlassen Sie sich darauf.

Lucie (geht und kehrt um, neugierig). Was ist denn auf dem Eise passirt?

Müller. Nun — wir sind zusammen hingefallen.

Lucie. Und dann?

Müller. Sind wir zusammen aufgestanden.

Lucie. Und dann?

Müller. Haben wir zusammen abgeschnallt.

Lucie. Und dann haben Sie zusammen den Verstand verloren.

Müller. Woher wissen Sie das?

Lucie (lächelnd). „Frau Sonne, Dein Gold
Ist ja halb nicht so warm,
Als des Herzallerliebsten
Umfangender Arm." —
Kennen Sie den schönen Vers?

Müller. Nein. Aber er ist mir aus der Seele gesprochen. — Woraus ist das?

Lucie. Aus einer spanischen Romanze.

Müller. Spanisch? — (Erblickt die eintretende Susanne; freudig.) Ah —

9. Auftritt.

Vorige. Susanne (aus der zweiten Seitenthür rechts).

Lucie (spielt die Unbefangene). Nun, da bist Du ja. Ich fürchtete schon, Du würdest nicht wiederkommen.

Susanne (in demselben Kleide wie zu Anfang des Aktes; verlegen). Oh — — ich war nur so erschreckt.

Lucie. Armes Kind! Du glühtest wie eine Feuerkugel.

Susanne. Ja — ich werde so sehr leicht roth.

Lucie. Merkwürdige Schwäche von Dir. — Hast Du Dich denn nun erholt?

Susanne. Es geht. — (Blickt abwechselnd auf Müller und Lucie; nach einer Pause, zu Lucie.) Wovon habt Ihr gesprochen?

Lucie. Ueber neuere spanische Literatur.

Susanne. O weh — darin bin ich garnicht bewandert.

10. Auftritt.

Vorige. Runge, Zanetti (durch die Mitte).

Runge (die Mittelthür öffnend, läßt Zanetti eintreten). Hier, Herr Professor. (Schließt die Thür.)

Zanetti (verbeugt sich). Ich wünsche guten Tag.

Lucie (geht auf Zanetti zu und reicht ihm die Hand). Ah, guten Tag, Herr Professor. Es ist hübsch von Ihnen, daß Sie wieder einmal kommen. Herrn Müller kennen Sie ja — (vorstellend) Fräulein Prätorius aus Hasselrode.

Unverkäufliches Manuscript.

Zanetti (begrüßt Susanne). Prätorius ist ein berühmter Musikername.

Susanne. Mein Papa ist auch Musiker. Aber der berühmte wird wohl ein Anderer sein —

Zanetti. Vermuthlich. Er lebte im sechszehnten Jahrhundert.

Lucie. Auch dieser wird berühmt werden — und zwar durch Sie. Ich erzähle Ihnen das drinnen. Kommen Sie — meine Eltern sind zu Hause. (Deutet auf die vordere Seitenthür rechts.)

Zanetti. Was haben Sie vom jungen Paare aus Paris gehört?

Lucie. Das ist eine wunderbare Geschichte. Die erzähle ich Ihnen auch drinnen. Kommen Sie nur hinein — die brauchen nicht Alles zu hören. (Sie geht auf die vordere Seitenthür rechts zu.)

Zanetti (indem er geht). Wunderbare Geschichten interessiren mich immer. (Ab vordere Seitenthür rechts.)

Lucie (an der Thür, schelmisch). Sie nehmen mir's doch nicht übel, Herr Müller?

Müller. Sie sind mir diese Mißachtung schuldig, gnädiges Fräulein.

Lucie (ab vordere Seitenthür rechts).

(Müller und Susanne stehen lange stumm gegenüber und sehen sich verlegen an.)

Müller (nach einer großen Pause, einen Sessel zurechtrückend). Darf ich bitten, Platz zu nehmen?

Susanne (setzt sich schüchtern auf den Sessel).

Müller (sich in ihre unmittelbare Nähe setzend; befangen). Ich traute kaum meinen Augen, als ich Sie vorhin erblickte.

Susanne. Ich habe gerade hinausschreien müssen. Sein Sie nicht böse.

Müller. Und ich schrie in mich hinein. Aber es kostete Ueberwindung.

Susanne. So waren Sie auf diese Begegnung nicht vorbereitet?

Müller. So unvorbereitet, als stünde ich vor einem Examen.

Susanne. Es ist reiner Zufall, daß wir uns wiedersehen?

Müller. Nicht ganz.

Susanne. Wie haben Sie mich nur aufgefunden?

Müller. Durch Sympathie.

Susanne (lächelnd). Sympathie? — Daran glaube ich nicht.

Müller. Wenn man seine Gedanken auf einen bestimmten Punkt concentrirt, und dieser Punkt concentrirt sich auch in der Seele eines Anderen — so streben diese Punkte entgegen. Das ist Naturgesetz.

Susanne. Woher wußten Sie, worauf ich mich concentrire?

Müller. Das ist eben das Geheimniß der Sympathie. — Haben Sie nicht in der Zwischenzeit an mich gedacht?

Susanne (verschämt). Ein wenig.

Müller. Nun sehen Sie? Dieses Wenige hat schon genügt, uns einander zu nähern.

Susanne. Das wären ja Wunder.

Müller. Es giebt solche Wunder. Nur würden Sie sie unter anderen Verhältnissen für keine Wunder halten. — — Ich habe auch an Sie gedacht.

Susanne (schüchtern). Wirklich?

Müller. Eigentlich ist es merkwürdig. Wir hatten uns doch kaum in die Augen gesehen.

Susanne. O doch.

Müller. Ja? — — Ich bin auch den nächsten Morgen wieder am Eisplatze gewesen. Aber es stand Alles unter Wasser.

Susanne. Ich weiß. Ich war auch dort.

Müller (erfreut). So? — Hielten Sie sich längere Zeit auf?

Susanne. Nein — — ich habe mir nur das Wasser angesehen.

Müller. Schade. Hätten wir uns doch getroffen! Wir würden uns heute vielleicht schon näher kennen. Nicht wahr?

Susanne. Ich weiß nicht.

Müller. Ich habe tief bedauert, daß wir uns so plötzlich entschwunden waren. — Sie auch?

Susanne (zu Boden blickend). O ja.

Müller. Weshalb verließen Sie mich auf dem Eise so schnell?

Susanne (weinerlich). Ich weiß es wirklich nicht. Aber ich war zu Hause recht ärgerlich über mich.

Müller. Als wir von einander schieden, merkten Sie da wohl, wie gut ich Ihnen war?

Susanne. Ja. Ich wäre auch ganz gewiß wiedergekommen.

Müller. Ihr Herz sprach schon im Stillen für mich?

Susanne. Es war mir so.

Müller (mit Empfindung). Nun, dann darf ich Ihnen gestehen, daß ich Tag und Nacht Ihrer gedacht habe — daß ich unaufhörlich mit Ihnen Schlittschuh gelaufen bin. Ja, mein Fräulein, Sie sind mir unendlich lieb geworden. Ich fühle, daß wir nun einen Boden unter den Füßen haben, auf dem wir nicht so leicht ausgleiten können. Ich fühle, daß wir uns lieb haben! Ahnen Sie wohl, welche Frage mir auf der Zunge schwebt?

Susanne (in Angst). Ach Gott — überlegen Sie's lieber erst.

Müller. Wie?

Susanne. Fragen Sie noch nicht.

Müller. Weshalb?

Susanne. Ich möchte Ihnen gern gleich eine bestimmte Antwort geben. Aber ich weiß ja nicht —

Müller. Was?

Susanne. Ob ich Recht thue. Es kommt so plötzlich. Sie kennen mich noch nicht. Ich bin so einfach. Werden Sie denn mit mir zufrieden sein?

Müller (lächelnd). Mein liebes Fräulein —

Susanne. Wenn Sie nun nachher enttäuscht sind —?

Müller. Was machen Sie sich für Gedanken!

Susanne. Ich wüßte gern, ob wir auch sonst zu einander passen. — (Schüchtern.) Haben Sie Sinn für Poesie?

Müller. So ausgeprägten, daß ich mich oft an der Muse versündige.

Susanne (freudig). Sie dichten?

Müller. Und wie! Erst gestern habe ich in einer Romanze die Sonne verwünscht.

Susanne (aufmerksam). Die Sonne?

Müller. Natürlich — weil sie unsere Trennung verschuldet hat.

Susanne (sehr gespannt). Haben Sie die Romanze im Kopfe?

Müller (besinnt sich). Warten Sie einmal — — wie war's doch gleich? (Erst zögernd, dann sicher.)

    O Sonnenschein, o Sonnenschein — —
    Wie kannst Du nur so grausam sein!
    Dein Gold ist ja nicht halb so warm,
    Als der Herzallerliebsten umfangender Arm.

Susanne (springt auf und sieht ihn starr an). Wie?! — — (Ueberglücklich.) Ja — nun glaube ich an Sympathie!

Müller (aufstehend). Gewiß, mein Fräulein — Sympathie ist die Electricität der Seele. Sie besitzt magnetische Kraft, wie der elektrische Strom, der durch unsere Adern rinnt. (Streckt ihr die offene Hand entgegen.) Wollen Sie die Probe machen? Legen Sie Ihre Hand in die meine. **137**

Susanne (legt ängstlich ihre Hand in die Müller's).

Müller (ihr die Hand drückend; warm). Fühlen Sie nicht, daß es Sie zu mir zieht?

Susanne. Ja — — ja — — ich fühl's — es zieht — o lieber Gott, ich kann nicht anders! (Sinkt an seine Brust.)

Müller (sie in seine Arme schließend). Mein Engel! Mein Alles!

Susanne (nach einer Pause; erschreckt). Gott — nun sind wir verlobt?

Müller. Sie haben noch nicht Ja gesagt. Sie können noch zurücktreten.

Susanne (freudig). Ja, ja, ja, ja.

Müller (küßt sie). Meine Susanne!

Susanne. Woher wissen Sie, daß ich Susanne heiße?

Müller (verlegen). Das — das habe ich mir gedacht.

Susanne. Und Sie heißen Herr Müller?

Müller. Waldemar Müller.

Susanne (erfreut). Waldemar? — — Das ist mein Lieblingsname.

Müller. Es freut mich, daß ich Ihren Geschmack getroffen habe.

Susanne. Was sind Sie eigentlich?

Müller. Ich studire Rentier. — Aber nun dürfen wir uns Du nennen.

Susanne (selig). Ach, ich kann Ihnen nicht sagen, wie lieb ich Dich habe! (Fällt ihm um den Hals.)

11. Auftritt.

Vorige. Lucie (aus der vorderen Seitenthür rechts).

Lucie (sieht die Umarmung). Nun, hier scheint sich ja Alles geregelt zu haben.

Susanne }
Müller } (sind auseinandergefahren).

Susanne (in höchster Verlegenheit). Lucie — — — Du darfst mein Gedichtbuch lesen.

Lucie. Ach, Du gutes Kind. Ich habe Dich wohl in einer sehr schönen Stimmung überrascht?

Susanne. Einzige Lucie — — mache Dich auf eine Mittheilung gefaßt, die Dir unglaublich klingen wird —

Lucie. Aber schnell. Marberg's kommen schon die Treppe herauf.

Susanne. Denke Dir nur — — eben habe ich mich mit Herrn Müller —

Müller. Waldemar.

Susanne. Mit Waldemar verlobt.

Lucie (lachend). Närrchen, deshalb habe ich Euch ja allein gelassen.

Susanne (starr). Wie?!

Lucie. Und das nennst Du nichts „Wirkliches", was Du mir verschwiegen hast? — Warte!

Susanne (fliegt auf Lucie zu und umarmt sie stürmisch). Ach, Lucie! Ich weiß ja noch jetzt kaum, ob es wirklich ist!

12. Auftritt.

Vorige. Runge. Marberg. Hilda (durch die Mitte).

Runge (öffnet von außen die Mittelthür, läßt eintreten und schließt wieder).

Marberg (Hilda am Arm hereinführend; jovial). Sie sind schon bei einander.

Hilda. Herr Müller, das ist wider die Abrede. Ich wollte Ihnen ja zuvorkommen.

Lucie (begrüßt Hilda und Marberg).

Marberg (Müller die Hand schüttelnd). Nun, meinen herzlichsten Glückwunsch.

Hilda (giebt Susanne die Hand). Darf man wirklich —?

Müller (zu Marberg, sehr erstaunt). Was? Sie wissen auch schon —?

Hilda (zu Müller). Habe ich Sie gut dirigirt?

Müller (verblüfft). Das geht nicht mit rechten Dingen zu. Ich habe doch keiner Seele etwas gesagt. Erklären Sie mir gefälligst —

Hilda (lächelnd).
Wer will denn Alles gleich ergründen?
Sobald der Schnee schmilzt, wird sich's finden.

Susanne (zu Müller)) Sind das auch Verse von Dir?

Müller. Nein, mein Engel. Von meinem Collegen Goethe.

Susanne. Ja, denke Dir, Lucie, die Sympathie. Waldemar hat —

Müller (hält Susanne schnell den Mund zu). Um Gotteswillen! Du wirst doch meine Gedichte nicht an's Tageslicht zerren? Ich war bis jetzt ein unbescholtener Mensch.

Hilda (schelmisch drohend). Na, na, Herr Müller. Im Punkte der Unbescholtenheit —

Müller. Wie?

Marberg (verweisend). Hilda!

Hilda (lachend). Jawohl, Männchen. Ich bin schon still. — Ich hoffe, Sie werden ihn bessern, liebe Susanne.

Susanne. Ja, ist er denn schlecht?

Hilda. Der? — Sein Sie vorsichtig mit ihm.

Müller (zu Marberg). Was hat Ihre Frau?

Marberg. Sie spaßt nur.

Hilda (zu Lucie). Wo sind Deine Eltern?

Lucie. Kommt nur. Sie erwarten Euch schon. (Marberg, Hilda und Lucie gehen auf die vordere Seitenthür rechts zu.)

Müller. Wir folgen gleich.

Marberg. Geniren Sie sich garnicht.

Müller. Wir haben noch etwas Wichtiges zu besprechen.

Marberg. Aber natürlich. Darum gehen wir ja. (Mit Hilda vordere Seitenthür rechts ab.)

Susanne (zu Lucie, die im Begriffe ist abzugehen). Lucie, daß noch Niemand etwas erfährt!

Lucie (an der Thür) Nein, nein — aber beeilt Euch. (Sieht die Eintretenden.) Ah, die Eltern!

13. Auftritt.

Vorige. **Prätorius, Margarethe** (aus der Seitenthür links).

Prätorius (im Frack und weißer Weste, altmodisch, eine starke Partitur unter dem Arm; leise zu Margarethe). Da ist der unangenehme Mensch schon wieder.

Lucie (auf Prätorius zugehend). Ei, Papa Prätorius — so feierlich? Gehen Sie zum Balle?

Prätorius. Ach, nein — zu meiner Hinrichtung, wenn ich mich so ausdrücken darf.

Lucie. Wieso?

Manuscript not for sale.

Prätorius (die Partitur zeigend). Ich will zum Professor Zanetti.

Lucie. Das können Sie bequemer haben. Er ist eben hier.

Prätorius. Hier?

Lucie (nimmt ihn unter den Arm und geht mit ihm). Ich werde Sie vorstellen. Kommen Sie.

Prätorius (ängstlich). Kind, da muß ich mich erst vor= bereiten —

Lucie. Ei was! Frisch zu, Papa — mehr als den Kopf wird's ja nicht kosten. Sie überleben's.

Prätorius (während er geht). Das sind die schlimmsten Hinrichtungen, die man überlebt. (Er winkt Margarethen.) Mar= garethe! (Mit Lucie vordere Seitenthür rechts ab.)

Margarethe (folgend, winkt Susanne). Susanne! (Ab vordere Seitenthür rechts.)

Susanne. Gleich, Mama. — (Nachdem die Anderen sich entfernt haben.) Was werden die Eltern zu uns sagen?! An die habe ich noch garnicht gedacht.

Müller. Ich auch nicht. Die kommen immer zuletzt.

Susanne. So etwas lassen sie sich gewiß nicht träumen. Sie werden doch nicht dagegen sein?

Müller. Dafür laß mich nur sorgen. — Wer führt das Regiment? Der Papa oder die Mama?

Susanne. Eigentlich keiner von Beiden.

Müller. Keiner?

Susanne (schelmisch). Unter uns — vorzugsweise ich.

Müller (erfreut). Um so besser! Also reine Formsache.

Susanne. Das heißt — anfangen mußt Du davon.

Müller. Natürlich.

Susanne. Ich greife später ein.

Müller. Aber kräftig.

Susanne. Du brauchst übrigens nicht zu sagen, daß ich mich schon mit Dir verlobt habe. Das könnten sie mir doch übel nehmen.

Müller. Keine Silbe. Von solchen Nebensachen spreche ich garnicht. Ich halte einfach um Deine Hand an.

Susanne. Es hat aber Eile, Waldemar. Morgen ist der letzte Tag, an dem wir hier sind.

Müller. Ich weiß Alles, Susannchen. Darum habe ich mich ja so gesputet. Ich werde mich auch mit Deinen Eltern nicht besinnen. Noch heute erfahren sie's — (glücklich) und über=

morgen reise ich als Dein erklärter Bräutigam mit Euch nach Hause.

Susanne. Ach ja, Waldemar — das würde mir den Abschied von hier sehr erleichtern.

14. Auftritt.

Vorige. Prätorius (aus der vorderen Seitenthür rechts).

Prätorius (freudig aufgeregt). Susanne! Susanne, denke Dir — der Professor hat meine Symphonie angenommen!

Susanne (erfreut). Wirklich, Papa? (Fällt ihm um den Hals.) Ich gratulire Dir herzlich — und wünsche Dir den schönsten Erfolg! — Der liebe Papa — — er macht mir rechte Freude.

Müller (leise zu Susanne). Soll ich jetzt —?

Susanne (leise zu Müller). Ja. — (Laut.) Ist es nicht himmlisch, Papa, wenn einem ein Lieblingswunsch in Erfüllung geht?

Prätorius. Ja — das heißt, Kind — er meinte allerdings, für Europa wäre meine Musik weniger geeignet. Der Geschmack sei hier übersättigt. Aber er will sie in Amerika einführen — schon auf seiner nächsten Kunstreise.

Müller (ist um Prätorius herumgegangen und nähert sich ihm von der anderen Seite). Gestatten Sie auch mir, Sie zu beglückwünschen, Herr Prätorius.

Prätorius (kühl). Danke. (Zu Susanne.) Was meinst Du, Susanne — ob ich der ersten Aufführung beiwohne?

Susanne. In Amerika?

Prätorius. Um mein Werk nur ein einziges Mal zu hören!

Susanne. Deshalb wirst Du doch nicht auswandern?

Prätorius. Du hast also Bedenken?

Susanne (mit einem Blick auf Müller). Folge darin ganz Deinem Herzen, Papa. In Herzensangelegenheiten Anderer darf man niemals mit rauher Hand eingreifen.

Müller. Ich glaube, Ihr Töchterchen hat Recht, Herr Prätorius. Und deshalb —

Prätorius (leise zu Susanne). Was mischt sich denn der Mensch immer hinein?

Susanne (leise zu Prätorius). Er nimmt so innigen Antheil!

Müller. Verzeihen Sie wenn ich mir die Freiheit nehme —
Prätorius. Aber lieber Herr, lassen Sie mich doch überlegen.
Müller. Darum handelt es sich ja garnicht, Herr Prätorius — (hinter der Scene rechts wird gesprochen) man kommt.
Prätorius (geht nach rechts vorn; für sich). Der Mann fängt wirklich an, mir lästig zu werden.

15. Auftritt.

Vorige. Zanetti, Hilda, Marberg (im Gespräche aus der vorderen Seitenthür rechts).

Zanetti. Ich versichere Sie, meine Gnädigste, es ist eins meiner denkwürdigsten Erlebnisse.
Hilda. O bitte, erzählen Sie mir's, Professor. — Herrn Prätorius wird es auch interessiren. (Setzt sich links in's Sopha.)
Prätorius. Was, Frau Gräfin?
Hilda. Wie der Professor durch die Macht des Spiels Jemanden vom Tode —
Marberg (indem er sich neben Hilda an der linken Seite des Tisches in einen Fauteuil setzt). Auferweckte.
Hilda. Rettete. Uebertreibe nicht.
Prätorius (setzt sich auf der rechten Seite der Bühne in einen Fauteuil). Ja, das wäre mir höchst interessant.
Zanetti (hat sich neben Hilda an der rechten Seite des Tisches in einen Fauteuil gesetzt).
Susanne (steht mit Müller etwas zurück; leise zu diesem). Du hast zu lange gezaudert.
Müller (leise). Warte nur. Ich sag's noch.

Stellung:

Zanetti. Es war auf meiner letzten Reise im Westen Amerika's — als ich den Mormonenstaat Utah berührte. Ich hatte in der Hauptstadt — Great Saltlake City — ein Concert gegeben, und für die Nacht einen Dampfer gemiethet, der mich bei Mondschein über den großen Saltlake führen sollte. Sie wissen, ich träume gern.

Hilda. O, wie romantisch!

Müller (nähert sich Prätorius).

Susanne (hält sich immer in Müller's Nähe).

Zanetti. Eben im Begriffe, das Schiff zu besteigen, werde ich von einem Manne in gewöhnlicher Kleidung angesprochen, der mich mit seltsamen Geberden zurückzuhalten sucht. Ich folge ihm auf die Straße, und erfahre, daß er zum Collegium der Priester gehört — die bei den Mormonen sehr gewöhnlich aus= sehen.

Müller (setzt sich dicht neben Prätorius in die Chaiselongue).

Susanne (steht hinter Müller).

Zanetti. Er entdeckt mir, daß er im Auftrage des Prä= sidenten komme, und beschwört mich, ihm in den Palast zu folgen. Sie werden mir zugeben, daß die Situation etwas Bizarres hatte. Dort der rauchende Dampfer, der auf meine Abfahrt wartet — hier der mysteriöse Fremde, der sich mit krampfhafter Angst an mich anklammert. Da ich vermuthete, daß es sich um nichts Gleichgültiges handle, nahm ich mein Instrument zu mir, und entschloß mich, ihm zu folgen. Unterwegs erfahre ich denn von ihm —

Müller (klopft Prätorius auf die Schulter; leise). Verehrter Herr —

Prätorius (der gespannt aufhorcht). Pst!

Zanetti (ohne auf die Unterbrechungen zu achten). Daß die Lieblingsfrau des Präsidenten im Sterben liege —

Hilda. Lieblingsfrau?

Zanetti. Ja, meine Gnädige — der Mormonenpräsident hat neunzehn Frauen.

Prätorius (schlägt die Hände zusammen). Allmächtiger!

Marberg. Ich danke für das Vergnügen.

Hilda. Eustach!

Zanetti. Die Kunst der Aerzte hatte nichts vermocht — die Unglückliche war aufgegeben.

Müller (wie oben; leise zu Prätorius). Ich habe Ihnen etwas anzuvertrauen.

Prätorius (ungeduldig, leise). Herr!

Manuscript not for sale.

Zanetti. In der höchsten Noth war nach mir gesendet worden, als dem letzten Rettungsanker.

Müller (leise zu Prätorius). Es ist wichtig, Herr Prätorius —

Prätorius (mit gedämpfter Stimme). Können Sie sich denn nicht ruhig verhalten!

Zanetti. In der Vorhalle des Palastes empfingen mich mit den üblichen Ceremonien der Präsident sammt den Collegien der Hohenpriester und Aeltesten — und geleiteten mich bis an das Gemach der Kranken.

Müller (leise zu Prätorius). Ich hatte das Vergnügen, Ihr Fräulein Tochter kennen zu lernen —

Prätorius (rückt unruhig auf seinen Sessel hin und her; für sich). Lieber Gott!

Zanetti. An der Schwelle zog sich das Gefolge zurück — und von Niemandem begleitet, betrat ich das Boudoir. Ich kann Ihnen den Eindruck nicht schildern, den ich hier empfing.

Müller (leise zu Prätorius). Wir sind uns auf der Eisbahn begegnet —

Prätorius (sieht Müller wüthend an und kratzt sich den Kopf).

Zanetti. In seidene Gewänder gehüllt, ruhte sie auf ihrem Lager — das schönste Weib, daß ich je auf dieser Erde gesehen.

Müller (leise zu Prätorius). Heute zum zweiten Male —

Prätorius (der immer gespannt auf Zanetti's Erzählung lauscht und nicht mehr weiß, wo er hinhören soll; für sich). Es ist zum Tollwerden.

Zanetti. Leise näherte ich mich — ihre Wangen erzitterten im Fieber — ein dankbarer Blick leuchtete mir aus zwei Sternen entgegen.

Müller (leise und immer dringender zu Prätorius). Sie ist die Erwählte meines Herzens —

Prätorius (wendet in Verzweiflung den Kopf halb zu Müller, während seine Augen starr auf Zanetti gerichtet sind).

Zanetti. Ich griff zur Geige, und spielte Beethoven's Romanze. Ihre Augen füllten sich mit Thränen — — sie lächelte — — — sie war genesen.

Müller (leise zu Prätorius). Geben Sie sie mir zur Frau!

Prätorius (aufspringend, zornig zu Müller, laut). Solche Scherze verbitte ich mir!

Zanetti (sieht sich erstaunt nach Prätorius um). Scherze?

Prätorius (aufgeregt). Ich meine nicht Sie, Herr Professor.

Müller (ist ebenfalls aufgestanden und will zu Prätorius sprechen, wird aber von Susanne, die an der ganzen Scene den lebhaftesten Antheil genommen, zurückgehalten).

16. Auftritt.

Vorige. Lucie. Margarethe (aus der vorderen Seitenthür rechts).

Lucie. Die Eltern erwarten Sie am Whisttische, Herr Professor.

Zanetti (aufstehend). Ah — bravo. (Ab vordere Seiten= thür rechts.)

17. Auftritt.

Vorige. Egbert (durch die Mitte).

Lucie (läuft Egbert freudig entgegen). Bist Du endlich da? Bald hätte ich nach Dir geschickt.

Egbert (reservirt, leise). Ich muß Dich allein sprechen.

Lucie (leise). Nachher.

Margarethe (zu Prätorius, der unruhig auf und nieder ging). Was hast Du? Du bist so aufgeregt.

Prätorius (auf Müller deutend). Dieser Herr choquirt mich in einer Weise — — jetzt will er gar mit Susanne an= bandeln.

Margarethe (außer sich). Was?!

Prätorius. Hat die Dreistigkeit, mir das zu sagen — spricht von Liebe — von Gott weiß was — ich traue meinen Ohren nicht!

Margarethe. Du wirst Dich verhört haben.

Müller. Nein, nein, verehrte Frau Prätorius — ich hab's gesagt — Ihr Herr Gemahl hat sich nicht verhört. Wir lieben uns innig — wir möchten gern heirathen.

Prätorius (mit Betonung). Sie heirathen?

Müller (auf Susanne zeigend). Wir Beide.

Prätorius (wie oben). Meine Tochter?

Müller. Wenn Sie nichts dagegen haben.

Prätorius. Sie scherzen wirklich nicht?

Müller. Mein heiliger Ernst, Papa.

Prätorius (energisch). Nun denn, nie — nie!

Margarethe. Der Himmel soll uns bewahren!

Müller (starr). Warum?!

Susanne (zieht ihr Taschentuch und fängt an zu weinen).

Unverkäufliches Manuscript.

Prätorius. Einem Manne, der sich öffentlich anrüchig macht, lieber Herr — einem solchen Manne gebe ich meine Tochter nicht!

Müller (erstaunt). Oeffentlich anrüchig? Wieso?

Marberg (der noch neben Hilda sitzt, wird unruhig).

Prätorius. Meinen Sie, weil wir aus Hasselrode sind, wüßten wir nicht, was hier vorgeht? Wir wissen, was es mit dem Zeugen M. für Bewandniß hat — wir kennen Sie ganz genau — — und für solchen Schwiegersohn müßten wir denn doch danken — wenn ich mich so ausdrücken darf. Kommt, Kinder! (Er geht einige Schritte nach links.)

Margarethe } (folgen Prätorius).
Susanne (laut weinend) }

Müller (außer sich, packt ihn an). Was — was kennen Sie?

Prätorius. Ihre Zeugenaussage. Die Empfehlung ist uns gerade genügend.

Müller. Um mich abzuweisen?! Ich bin ein anständiger Mensch!

Prätorius. Leben Sie wohl, mein Herr. (Geht.)

Margarethe (folgt).

Susanne (schluchzt und folgt).

Müller (athemlos). Das kann ich nicht auf mir sitzen lassen. Es muß heraus. Sie irren sich, Herr Prätorius. Ich bin nicht der Zeuge M. Ich habe meinem Freunde Marberg nur eine Gefälligkeit erwiesen. Er ist es selber!

Marberg (springt auf). Sie sind mir ein netter Freund!

Hilda (ist ebenfalls aufgesprungen und sieht Marberg entsetzt an). Du?!

Marberg (sehr aufgeregt). Ich bin unschuldig, Hilda — weiß Gott, ich bin unschuldig.

Hilda (mit verhaltenen Thränen). Du?! — Du hintergehst mich — und spielst noch den Entrüsteten?

Marberg (auf Egbert zeigend). Egbert — Egbert hat's gethan! Ich wollte es nicht — aber er hat mich überredet.

Hilda (weinend). Bereitet mir einen affront, während er mich betrügt! Predigt mir Moral, und ist selbst ein — —! Das ertrage ich nicht — ich gehe zu meinen Eltern zurück — ich lasse mich scheiden! (Laut schluchzend durch die Mitte ab.)

Marberg (folgt ihr). Hilda! Hilda, höre doch nur! (Durch die Mitte ab.)

Prätorius (an der Seitenthür links, hat den Vorgang verfolgt, zu Margarethe und Susanne.) Um Gotteswillen, gehen wir hinein. Mir wird ganz unheimlich. (Ab Seitenthür links.)

Margarethe (folgt Prätorius).

Susanne (die während der ganzen Scene laut geschluchzt, folgt Margarethe).

Müller (geht Susannen bis an die Seitenthür nach; da sich die Thür schließt, geht er verstört durch die Mitte ab).

Lucie (nach einer großen Pause, während der sie auf Egbert sieht). Bist Du wirklich schuld daran?

Egbert. Indirect, ja.

Lucie. Weißt Du denn nicht, daß ein Mann seiner Frau keine Unwahrheit sagen soll?

Egbert. Wenn er dabei ertappt werden kann.

Lucie. Schäme Dich, Egbert. Mit solchen Ansichten ge= fällst Du mir garnicht. Und sie kommen Dir auch nicht von Herzen.

Egbert. O doch.

Lucie. Nun, dann werde ich Dich noch gewaltig ziehen müssen.

Egbert. Ich weiß längst, daß ich Dir nicht mehr gefalle.

Lucie. Rede kein dummes Zeug. Du bist ein guter Mensch. Aber noch lange kein Mann.

Egbert. So? — Was fehlt mir denn dazu?

Lucie. Charakter.

Egbert. Du suchst nach einer Gelegenheit, mich loszu= werden. (Zieht seinen Verlobungsring vom Finger.) Aber lieber will ich doch der Erste sein — (bewegt) ich hätte nicht gedacht, daß es dahin kommen würde — — (hält ihr den Ring hin) hier.

Lucie (sieht ihn ruhig lächelnd an; nach einer großen Pause, freundlich). Du bist ein rechter Hansnarr. — Meinst Du, ich wüßte nicht, daß Dein Papa aus Dir redet? — Glaubst Du, der Ring wär's, der Dich hielte? — Meinst Du, wenn wir ihn vom Finger ziehen, wir fühlten nicht mehr die Stelle, wo er gedrückt hat? — (Steckt ihm den Ring wieder an.) Da! (Einen Schritt zurücktretend, ernst.) Und nun gehst Du nach Hause, und sagst Deinem Papa, ich wollte einen vernünftigen Menschen aus Dir machen — ich ließe Dich nicht, und wenn er sich auf den Kopf stellte.

Egbert (glücklich). Lucie! Ist das wahr —?

Lucie (auf die Mittelthür zeigend). Thu', was ich sage.

Egbert (außer sich vor Freude). Du liebst mich doch?!

Lucie. Das geht Dich nichts an.

Egbert (will auf sie zu). Nein — ich halte mich nicht länger —!

Lucie (abermals einen Schritt zurücktretend, energisch). Du rührst mich nicht an, ehe Du Deinem Papa den Text gelesen hast!

Egbert. Gott, ich bin so selig! (Will wieder auf sie zu.) Lucie!

Lucie (wie oben). Nach Hause!

Egbert (geht langsam, die strahlenden Augen auf Lucie gerichtet, der Mittelthür zu. Im Hintergrunde mit bittendem Tone.) Nur einen einzigen Kuß —!

Lucie (steht unbeweglich und zeigt auf die Thür). Hinaus!

Egbert (langsam durch die Mitte ab).

(Der Vorhang fällt.)

(Ende des dritten Aufzuges.)

Vierter Aufzug.

(Geschlossener Salon bei Baron Ulrich; vornehm eingerichtet. Im Hintergrunde links ein erhöhter Erker mit einem Fenster in der Mitte; im Erker ein Etablissement von Sesseln, kleinem Tisch, und einigen Zierpflanzen. Rechts vom Erker, im Hintergrunde, die allgemeine Eingangsthür. Links und rechts eine Seitenthür. Im Vordergrunde rechts ein Schreibtisch; davor ein Sessel. In der rechten Ecke des Hintergrundes ein Bücherschrank. Im Vordergrunde links ein Etablissement von Sopha, größerem Tisch und Fauteuils. Im Hintergrunde und an den Seiten einige Sessel. Teppiche, Gemälde u. s. w.)

1. Auftritt.

Ulrich. Hilda.

Hilda (sitzt, den Kopf in die Hand gestützt, im Erker am Fenster).

Ulrich (sitzt am Schreibtisch rechts). Du bleibst also dabei?

Hilda. Unbedenklich.

Ulrich. Und was wird die Welt dazu sagen?

Hilda. Was kümmert mich die Welt?

Ulrich. Aber sie kümmert sich um Euch. Man hat es schwarz auf weiß gelesen.

Hilda. Was?

Ulrich. Eure Vermählung. Sogar eine Extra-Notiz: Das junge Paar begab sich unmittelbar nach der Trauung auf die Hochzeitsreise nach Paris. Ein Druckfehler werden jetzt die Leute sagen. Es soll heißen: Die junge Frau begab sich unmittelbar nach der Trauung in's Haus ihrer Eltern zurück.

Hilda. Ich kann's nicht ändern.

Ulrich. Wer sonst? — Der ganze Eclat wird vermieden, wenn Du ihm die Hand zur Versöhnung reichst.

Hilda. Nie.

Ulrich (aufstehend). Was hat er denn Großes gethan?

Unverkäufliches Manuscript.

Er hat ein Bißchen gelogen. Lieber Himmel, wenn mich Deine Mutter deswegen hätte verlaffen wollen, wären wir keine vier und zwanzig Stunden verheirathet gewesen. — Plumpe Ehrlichkeit ist ein Vorrecht der Beschränkten. Vornehmere Naturen stellen die gefällige Lüge über verletzende Wahrheit. Ich denke, Du gehörst zu diesen vornehmeren Naturen. Wenigstens seid Ihr in diesem Geiste erzogen.

Hilda. Und wenn ich mich auch über die Lüge hinwegsetzte — die Thatsache seiner früheren intimen Verhältniffe zu ignoriren, bin ich denn doch nicht vornehm genug.

Ulrich. Du liebe Unschuld! Meinst Du, wir Ehemänner hätten nicht alle unseren Curfus durchgemacht? — Welche vernünftige Frau wird an die Legende von der ersten Liebe glauben!

Hilda. Ich habe daran geglaubt. Und nur darum konnte ich zu ihm hinaufblicken.

Ulrich. Ich erstaune über Deine Naivität. Wer noch mit einem Fuß in der höheren Töchterschule steht, soll keinen Mann nehmen. — Jetzt ist es geschehen, und läßt sich nicht ändern.

Hilda. Ich werde es ändern. Er sieht mich nicht wieder.

Ulrich. Weißt Du auch, daß er Dich zwingen kann, zurückzukehren?

Hilda. Zwingen? Ich lasse mich scheiden.

Ulrich. Närrchen, das hast Du von Deiner Mutter aufgeschnappt. Die pflegt dergleichen in einer Anwallung von Großmuth zu äußern. Sie hat aber nie Wort gehalten. — Scheiden! Hast Du denn Grund dazu?

Hilda. Oh — sehr triftigen.

Ulrich. Nun?

Hilda. Unüberwindliche Abneigung.

Ulrich (lächelnd). Du? — Seit wann?

Hilda. Seit gestern.

Ulrich. Da warte nur noch ein paar Tage. Vielleicht überwindest Du sie.

Hilda (steht auf, und tritt aus dem Erker). Du thust sehr Unrecht, die Sache scherzhaft zu behandeln.

Ulrich. Bist Du denn überzeugt, daß die Abneigung eine gegenseitige ist?

Hilda. Danach frage ich nicht.

Ulrich. Das ist aber wichtig. Deswegen müßt Ihr Euch aussprechen.

Hilda. Informire Du Dich darüber. Mir kommt er nicht mehr vor Augen. (Ab Seitenthür links.)

2. Auftritt.

Ulrich. Ottonie (aus der Seitenthür rechts).

Ottonie. Nun? Was hast Du erreicht?

Ulrich. Ich hab's durchgesetzt.

Ottonie. Was?

Ulrich. Sie weiß jetzt, wie schmerzlich Du sie vermißt hast — und will wieder bei Dir bleiben.

Ottonie. Necke nur noch. — Du hast sie also nicht erweichen können?

Ulrich. Das Experiment will ich Dir überlassen.

Ottonie. Natürlich — wenn Dir eine Sache über den Kopf wächst, legst Du auf meine Stimme Gewicht. Bis dahin darf ich nicht mitsprechen.

Ulrich. Frauchen, Deinen Einfluß auf Hilda habe ich nie unterschätzt. Sie hat so prächtige Eigenschaften — ganz wie Du — gleicht Dir in Vielem so auffallend — — warum soll sie nicht auch einen Mann beglücken können — ganz wie Du!

Ottonie. Ist das Deine aufrichtige Meinung?

Ulrich. Hast Du mich schon je auf einer Lüge ertappt?

Ottonie. Nein, Ulrich. Gott, wenn ich mit Dir solche Erfahrungen hätte machen müssen! — Das arme Kind ist recht zu bedauern.

Ulrich. Ja — es trifft's nicht jede so gut, wie Du.

Ottonie. Aber was soll nun daraus werden? — Willst Du nicht zu ihm hinaufgehen? Der arme Mensch sitzt oben, und verzweifelt. Er dauert mich auch.

Ulrich. Bringe nur erst Hilda zur Raison. Das Andere findet sich.

Ottonie. Ich will zu ihr — und was mein mütterliches Herz vermag, sie nachgiebiger zu stimmen, soll geschehen. Leider ist sie ein eigenwilliges Kind.

Ulrich. Das hat sie auch von Dir.

Ottonie (reicht ihm die Hand; gefühlvoll). Ach, Ulrich — jetzt erst erkenne ich, welchen Schatz ich in Dir besitze.

Ulrich. Endlich! Nachdem Du siebenundzwanzig Jahre daran gehoben hast.

Ottonie. Wir Frauen müssen dulden — und lieben. (Sie umarmt ihn.)

3. Auftritt.

Vorige Egbert (durch die Mitte).

Egbert (sieht erstaunt die Umarmung). Alle Wetter!

Ottonie (geht in die Seitenthür links ab).

Egbert (kommt nach vorn). Ist denn heute Geburstag?

Ulrich. Wieso?

Egbert. Eure feierliche Umarmung —!

Ulrich. Um Euch ein gutes Beispiel zu geben.

Egbert. Bravo, Papa. So höre ich Dich gern. — Ich bin auch gestern bei Lucie gewesen.

Ulrich. Hast Du ihr den Ring zurückgegeben?

Egbert. Das nennst Du ein gutes Beispiel? — (Deutet auf seinen Verlobungsring.) Hier sitzt er, Papa — und fester als je.

Ulrich. Was soll das bedeuten?

Egbert. Daß Lucie das edelste, liebevollste Geschöpf von der Welt ist — daß ich sie in meinem Leben nicht lassen werde — und daß sie mich besser kennt, als Du!

Ulrich. Inwiefern?

Egbert. Einen Hansnarren hat sie mich genannt, daß ich an ihr zweifeln konnte — das liebe Mädchen.

Ulrich. Und das hat Dir dermaßen imponirt —?

Egbert. Daß ich mit Freuden in's Wasser springe, wenn Du noch einen Hauch von Argwohn zwischen uns streust!

Ulrich (geht nach rechts und setzt sich vor den Schreibtisch; nach einer kleinen Pause, für sich). Jetzt ist der auch behext. — Die einen sind nicht zusammenzubringen — die anderen nicht auseinander zu kriegen. Das nennt man kindlichen Gehorsam! — (Laut.) Mach', was Du willst. Die Affaire mit Marberg und Hilda hat mir alle Lust benommen, mich in Eure Herzensangelegenheiten zu mischen. Wenn sich die Welt umgedreht hat — meinethalben, dann will auch ich mich auf den Kopf stellen!

Egbert (geht auf ihn zu und legt die Hand auf seine Schulter; herzlich). Nein, Papa — das sollst Du nicht. — Aber etwas freundlicher könntest Du von denen denken, die mir ihre ganze Liebe zuwenden — obwohl sie von uns nur Unfreundliches erfahren. Lucie bringt mir kein Wappen mit — aber einen Charakter. Und wie viel schwerer der wiegt, erkennst Du daraus, daß sie mich mit all' meinen Schwächen liebt und festhält — während Hilda beim ersten Anprall aus den Fugen ist. — (Beugt sich über ihn.) Darf ich zu ihr gehen, und ihr sagen, daß Du sie empfangen willst?

Ulrich (sieht ihm in's Gesicht). Junge, Du kommst mir heute weit klüger vor, als sonst.

Egbert. Das liegt nicht an mir, Papa.

Ulrich. So. — Sind sie denn wirklich so reich? **137**

Egbert. Geld spielt gar keine Rolle bei ihnen.

Ulrich. Das ist allerdings ein aristokratischer Zug. — Nun, so geh und hole sie.

Egbert (küßt ihn stürmisch). Hurrah! (Läuft der Mitte zu.)

Ulrich (ihm nachrufend). Aber die Alten müssen dabei sein. Sonst sagen die jetzt nein.

Egbert. Sei ohne Sorge. Ich bringe noch mehr Zeugen. (Ab durch die Mitte.)

Ulrich (allein). Gottlob, daß ich wenigstens den Jungen placirt habe. Zwei separirte Parthien im Hause — das ist zu viel für ein gefühlvolles Vaterherz.

4. Auftritt.

Ulrich. Ottonie (aus der Seitenthür links).

Ottonie. Es ist nichts mit ihr anzufangen. Sie besteht auf ihrem Willen.

Ulrich. Da hast Du's. — Ich bin in der Zwischenzeit wenigstens die Sorge um Egbert losgeworden.

Ottonie. So?

Ulrich. Ich will ihm nichts in den Weg legen.

Ottonie (erfreut). Das hast Du gut gemacht, Ulrich. — Lucie ist ein liebes, kluges Mädchen —

Ulrich. Sie hat Geld.

Ottonie. Und Hilda hält große Stücke auf sie. Vielleicht bewirkt ihr Beispiel mehr, als unser Zureden.

5. Auftritt.

Vorige. Johann (durch die Mitte. Gleich darauf) **Rittmeister von Kalbeck** (durch die Mitte).

Johann (meldend). Herr Rittmeister von Kalbeck.

Ottonie (sieht verlegen Ulrich an). Gott, wie unangenehm!

Ulrich (aufstehend, zu Johann). Ich lasse bitten.

Johann (ab durch die Mitte).

Unverkäufliches Manuscript.

Ottonie. Wenn der erfährt —!

Ulrich. Keine Sylbe.

Johann (öffnet von außen die Mittelthür und läßt den Rittmeister eintreten).

Rittmeister. Gnädige Frau, ich habe die Ehre. Herr Baron —

Ulrich (nach links deutend). Nehmen Sie Platz, lieber Rittmeister. Freue mich, Sie zu sehen.

Ottonie (setzt sich links in's Sopha).

Rittmeister (setzt sich in einen Fauteuil an die rechte Seite des Tisches).

Ulrich (setzt sich an die linke Seite des Tisches).

Rittmeister. Es muß ein eigenes Gefühl für Sie sein, nach all' dem schwirrenden Hochzeitstrubel sich in denselben Räumen so plötzlich in absoluter Einsamkeit zu finden.

Ulrich. Ja, es ist recht still bei uns geworden.

Ottonie. Das belebende Element fehlt, Herr Rittmeister.

Rittmeister. Ich kann mir das sehr gut vorstellen. Die einzige Tochter zu verlieren — es ist immerhin hart für die Eltern. Ich begreife nicht, wie es Männer geben kann, die so grausam sind.

Ottonie. Man muß eben das Glück des Kindes zu seinem eigenen machen.

Ulrich. Darin liegt gerade die Grausamkeit. Sie haben ganz Recht, lieber Rittmeister.

Rittmeister. Nun, und wie es dem Pärchen geht, braucht man eigentlich nicht zu fragen?

Ulrich. Schwimmt in einem Meere von Glück.

Rittmeister. Selbstverständlich. Die Ehe ist ein Ding, von dem man sagen kann: Aller Anfang ist leicht.

Ulrich. Das Ende auch.

Rittmeister. Schreiben sie fleißig, die Verliebten?

Ulrich. Schreiben? — (Lachend.) Ottonie, bekommst Du Briefe?

Ottonie. Der Herr Rittmeister scheint nicht zu wissen —

Ulrich (lachend). Wie gut wir unterrichtet sind.

Rittmeister. Paris ist gerade im Winter ein unvergleichlicher Aufenthalt.

Ottonie. Waren Sie dort?

Rittmeister. Ich habe 71 ein Paar Ausfälle mitgemacht.

Ulrich (lachend). Ah so. Das ist allerdings auch keine Hochzeitsreise.

Rittmeister. Nein. Für Ausfälle dieser Art habe ich nie rechten Sinn gehabt.

Ulrich. Man kennt Sie von der Seite.

6. Auftritt.

Vorige. Hilda (aus der Seitenthür links).

Rittmeister (erblickt die eintretende Hilda und springt überrascht auf). Was sehe ich?!

Hilda (reicht ihm die Hand; freundlich). Guten Tag, Herr Rittmeister.

Ulrich
Ottonie } (sind gleichfalls aufgestanden).

Rittmeister (steht starr). Ja, darf ich denn meinen Augen trauen? — Was bedeutet das?

Ulrich (sich zum Lachen zwingend). Wir haben Ihnen eine kleine Ueberraschung bereiten wollen. — Denken Sie sich, das leichtfertige Gefieder ist ja garnicht abgereist.

Rittmeister (erstaunt). Nicht möglich!

Ottonie. Sie mochte sich vom elterlichen Hause nicht trennen.

Rittmeister (zu Hilda). Aber meine Gnädige — nach der Hochzeit? — Und damit war der Herr Gemahl einverstanden?

Hilda. Freilich, Herr Rittmeister. Mein Mann ist galant. Wer eine Frau nimmt, muß auf Alles gefaßt sein.

Rittmeister. Sie sprechen mir aus der Seele. Deshalb heirathe ich ja nicht. — Aber auf Ehre, ich freue mich, Sie so unvermuthet wiederzusehen. Wo ist Ihr lieber Gatte?

Ulrich. Nicht sehr weit — das können Sie glauben. Setzen Sie sich, Herr Rittmeister. Ich werde nach ihm fragen. (Während er nach rechts geht und Ottonie ihm folgt.) Ottonie, wo steckt der Graf?

Ottonie (folgt Ulrich). Sollte er ausgegangen sein?

Ulrich (leise zu Ottonie). Mag sie sich selber herauswinden. (Mit Ottonie Seitenthür rechts ab.)

Hilda (auf einen Fauteuil links deutend). Ich bitte, Herr Rittmeister.

7*

Rittmeister (indem er sich setzt). Sie sehen entzückend aus, meine Gnädige. Das Glück lacht Ihnen aus jeder Ader.

Hilda (hat sich gleichfalls gesetzt). Ich kenne Ihre Schmeicheleien. Sie würden dasselbe sagen, wenn nichts an mir lachte.

Rittmeister. Leicht möglich. Es giebt Gesichter, die uns anlachen, auch wenn sie ernsthaft sind.

Hilda. Man möchte ewig bedauern, daß Sie nicht ernst= hafter angelacht worden sind — — wenn man nicht wüßte, wie wenig Eindruck das auf Sie macht.

Rittmeister. O meine Gnädige, ich bin in allen Nüancen angelacht worden — vom zartesten Lächeln bis zum förmlichen Lachkrampf — es hat auch Eindruck auf mich gemacht — — nur lasse ich diese Eindrücke sich nicht verdichten. Ich begnüge mich, aus der Honigscheibe den Honig zu saugen. Das Wachs zu verwerthen, bin ich nicht praktisch genug.

Hilda. Sagen Sie dreist, zu bequem. Wenn Ihnen ein Mädchen begegnete, das herzhaftes Gefallen an Ihnen fände — und Ihnen dies herzhaft zeigte — ich glaube, Sie würden auch das Wachs versuchen.

Rittmeister. Nein. — Ich kann mich ja nicht entschließen. Ich habe den steten Hintergedanken: Wie wird sie sich als Frau ausnehmen! Nun, und da ich mich hierüber nicht zuver= lässig orientiren kann, bleibt's eben beim Alten.

Hilda. Ich gebe die Hoffnung nicht auf, Sie noch anderen Sinnes zu sehen.

Rittmeister. Böse Beispiele, meinen Sie. Ja, wenn sie Alle wie Sie wären! Sie sind das Ideal einer Frau —

Hilda. Wie Sie sie einem Anderen gönnen.

Rittmeister. Was bleibt mir weiter übrig? Zu spät — zu spät! Ich sagte Ihnen neulich schon, ich entdecke mein Herz immer erst, wenn mir ein Anderer zuvorgekommen.

Hilda. Das ist —

Rittmeister. Leicht gesagt, meinen Sie. Nein, nein, meine Gnädige — wenn ich heut ein Wesen fände — von Ihrer Anmuth — Ihrer Laune — kurz, ein Wesen, das Ihnen auf's Haar gliche — — auf Ehre, ich ließe mir's nicht zum zweiten Male entreißen.

Hilda. Vorsichtig, Herr Rittmeister — vorsichtig!

Rittmeister. Was denn? Einer schönen Frau zu sagen, daß ihr Mann Geschmack hatte, ist 'ne Passion von mir. Ich sehe darin kein Othello=Motiv.

Hilda (lachend). Ach, ich auch nicht.

Rittmeister. Nun, und er?

Hilda (lachend). Noch weniger.

Rittmeister (stutzt). Wie — wie meinen Sie das?

Hilda. Was aus jeder Ader an mir lacht, lieber Ritt=
meister, ist nicht das Glück — es ist das Echo des Spottes,
mit dem mich das Glück verhöhnt.

Rittmeister (erstaunt). Wieso?

Hilda. Kann ich dafür, daß ich mich in meinen Idealen
getäuscht sehe?

Rittmeister. Getäuscht? — Haben Sie sich erzürnt?

Hilda. Mehr als das.

Rittmeister. Mehr?! — Doch nicht ernsthaft?

Hilda. Ich bin nur davongelaufen. Zu meinen Eltern.

Rittmeister (starr). Ah! — Sie haben das freilich
bequem.

Hilda. Eben! Vielleicht zu bequem.

Rittmeister (abgekühlt). Das überrascht mich in der That.

Hilda (sehr freundlich). Aber bitte, lassen Sie nicht merken,
daß ich Ihnen etwas erzählt habe. Man vertraut sich so gern
einer Freundesseele.

Rittmeister. Meine Gnädige, ich weiß das zu würdigen. —
(Verlegen.) Jedenfalls — — wird Alles wieder in Ordnung
kommen. Wenigstens — — (sieht auf seine Uhr und steht auf).
Sapperment, es ist die höchste Zeit, daß ich zum Oberst komme.
Habe mich effektiv verplaudert. Meine Gnädige, empfehlen Sie
mich gütigst Ihren werthen Eltern. Ich kann leider keine
Minute länger — eine Dienstsache — der Herr Oberst — —
trösten Sie sich, wir Männer sind Alle Ungeheuer. Empfehle
mich gehorsamst. (Er geht der Mitte zu.)

7. Auftritt.

Vorige. Johann (durch die Mitte. Gleich darauf) **Müller** (durch
die Mitte).

Johann (meldend). Herr Studiosus Müller. (Er läßt ihn
auf einen Wink Hilda's eintreten und geht wieder ab.)

Müller (macht an der Thür dem Rittmeister eine Verbeugung).
Ergebener Diener.

Rittmeister (grüßend). Habe die Ehre. (Ab durch die Mitte.)

Müller (vorkommend). Gnädige Frau, ich suche Ihren
Herrn Bruder, — aber es ist mir lieb, daß ich Sie sehe. Ich
befinde mich seit gestern in einem Zustande hochgradiger Nervosität.

Hilda. Ah — meinetwegen?

Müller. Das wäre zu viel gesagt. Ich nehme als Freund den wärmsten Antheil an der Verstimmung, welche zwischen Ihnen und Ihrem Herrn Gemahl durch mich herbeigeführt wurde — indessen, gnädige Frau, wo es sich um die Braut handelt, ist man sich selbst doch der Nächste. Sie werden das verzeihlich finden.

Hilda. Sie sind außer aller Schuld, Herr Müller.

Müller. Meine Verlobung schwebt seit gestern in der Luft. Susanne's Eltern haben sich meiner weiteren Rechtfertigung entzogen — sie scheinen keine Ahnung von dem Ernst der Situation zu haben. Auch meine Braut ist mir nicht zu Gesicht gekommen. Morgen reist sie ab. Was soll daraus werden, gnädige Frau?

Hilda. Vor Allem müssen Sie sich der Eltern versichern.

Müller. Darum handelt es sich gerade. Ich war eben dort. Das ganze Haus ist wie ausgestorben — keine Seele zu finden. Ich komme deshalb zu Ihrem Herrn Bruder, der durch seine nahen Beziehungen zur Familie Gotthard —

Hilda. Ich glaube, da ist auch ein Zerwürfniß eingetreten.

Müller (bestürzt). Wie? Da auch? — O weh, dann geht meine Ahnung in Erfüllung.

Hilda. Welche Ahnung?

Müller. Sie sind sämmtlich bereits auf dem Wege zum Bahnhof. Die Eltern entfernen die Mädchen, die Beide den Geliebten verloren — Lucie begleitet Susanne — und in ländlicher Abgeschiedenheit beweinen sie ihr gemeinsames Schicksal. Verzeihen Sie, gnädige Frau — ich habe keine Minute zu verlieren. (Geht schnell der Mitte zu.)

Hilda. Wohin?

Müller. Zum Bahnhof. Ich muß sie einholen — und wenn ich sie nicht zurückhalten kann, mit demselben Zuge nach Haffelrode fahren.

Hilda. Nur keine Uebereilung.

Müller (Erblickt, indem sich die Mittelthür öffnet, Lucie; freudig überrascht). Ah!

8. Auftritt.

Vorige. Johann. Lucie (durch die Mitte).

Lucie (in der Thür zu Johann). Zur Frau Gräfin.

Johann (von außen). Bitte einzutreten. (Schließt die Thür.)

Müller (rasch auf die eintretende Lucie zu). Gnädiges Fräulein, Sie geben mir das Leben wieder. Es ist doch noch Niemand abgereist?

Hilda (aufstehend). Gut, daß Du kommst. Herrn Müller's Zustand ist besorgnißerregend.

Müller. Wo ist Susanne, gnädiges Fräulein?

Lucie. Warum sind Sie denn nicht gekommen? Wir haben den ganzen Morgen auf Sie gewartet.

Müller. Ich wollte den Eltern Zeit zur Erholung lassen. Susanne hat doch wohl gesprochen?

Lucie. Keine Silbe. Das überläßt sie Ihnen.

Müller. Aber wo ist sie jetzt? Wo finde ich die Eltern?

Lucie. Sie machen Abschiedsbesuche.

Müller. Wissen Sie vielleicht bei wem? Ich möchte sie aufsuchen.

Lucie. Das dürfte seine Schwierigkeiten haben. Aber ich denke, sie kommen auch hierher.

Müller (erfreut). Ja? — (Zu Hilda.) Gnädige Frau, darf ich in der Zwischenzeit Ihren Eltern meine Aufwartung machen?

Hilda (lächelnd). Sie können die Zwischenzeit garnicht besser anwenden. (Auf die Seitenthür rechts zeigend). Bitte dort.

Müller. Ich danke gehorsamst. (Klopft an die Seitenthür rechts und geht ab.)

Lucie. Er ist ganz außer sich.

Hilda. Ich habe ihm ein Gespenst gezeigt. Ich sagte ihm, Du und Egbert, Ihr hättet Euch auch entzweit.

Lucie. Wir? — Es geht nicht überall so schnell, wie bei Euch.

Hilda. Nun, ich denke, daß ich gethan habe, was jede Frau von Character in meinem Falle thun würde.

Lucie. Da bin ich anderer Ansicht, Hilda.

Hilda. So?

Lucie. Eine Frau von Character wartet, bis ihr der Mann durchgeht.

Hilda. Wenn Du so guter Laune bist, wirst Du schlechte Gesellschaft an mir haben. Ich bin verstimmt, Lucie — sehr verstimmt. (Setzt sich links.)

Lucie. O, ich kann Dir das nachfühlen. Du thust mir in der Seele leid. Aber — warum hast Du es dahin kommen lassen?

Unverkäufliches Manuscript.

Hilda. Ich? Machst Du etwa mich für mein Schicksal verantwortlich?

Lucie. Wen sonst?

Hilda (lächelnd). Das ist nicht übel.

Lucie. Verlangst Du vom Manne, daß er Dich zur Mitwisserin von Allem mache, was sein Leben kreuzte, bevor er Dich gekannt hat?

Hilda. Das ist mein Recht.

Lucie. Auch von Dingen, die ihn vielleicht garnicht mehr berühren — die nur Deine Empfindung verletzen könnten?

Hilda. Ich verlange unbedingte Aufrichtigkeit.

Lucie. Nun, wenn Du Dich stark genug fühlst, einen Mann zu lieben, der Dir seine Fehler offen eingesteht — um wieviel eher wirst Du dem verzeihen können, der sich dieses Geständnisses schämt? — Was nützt es auch, sich einander seine Fehler vorzuhalten? Denn was Du von ihm forderst, gilt auch für Dich. Und wenn es zur Abrechnung käme — wer weiß, ob nicht auch Du zu verschweigen hättest?

Hilda. Abrechnung? Wieso?

Lucie. Nun, hättest Du nicht das kleinste Geheimniß vor Deinem Manne?

Hilda. Ich? — Nein.

Lucie. Greif' einmal in Dein Herz. Ist da nirgends ein Fältchen, das Du ganz gern verstecken möchtest?

Hilda. Ich wüßte nicht.

Lucie. Aber ich.

Hilda. Du?

Lucie. Ja. — Darf ich Dir's zeigen?

Hilda. Du machst mich neugierig.

Lucie (nimmt eine kleine Pappschachtel aus ihrem Muff). Weißt Du, was dies Kästchen enthält?

Hilda. Nun?

Lucie (öffnet den Deckel und zeigt es ihr). Sieh her.

Hilda. Eine Rose?

Lucie (nimmt die Rose heraus). Eine unschuldige Rose. — Kennst Du sie nicht?

Hilda. Nein. Was ist damit?

Lucie. Diese Rose habe ich mir aus einer Sammlung von Liebespfändern angeeignet, deren sich ein Junggeselle berühmte.

Hilda (erstaunt). Wie? Diese Rose ist —?

Lucie. Das leichtfertige Geschenk einer Frau — die ein Bouquet damit bestahl, an dem ihr jede Blüthe heilig sein sollte

— das letzte Bouquet, das sie als Braut empfing. — Kennst
Du sie jetzt?

Hilda (schlägt betroffen die Augen nieder). Ja, Lucie — aller=
dings — aber —

Lucie. Ich weiß, daß Du sie nicht in der Meinung fort=
gabst, zu tändeln. Aber wer steht Dir dafür, daß nicht Dein
Mann es so auffaßt? — Und wenn er Dir dann mit gleicher
Münze zahlte? Wenn er Dir nicht vergeben wollte? Wenn
er nicht besser von Dir dächte, als Du von ihm?

Hilda (steht verlegen auf). Lucie, Du beschämst mich.

Lucie. Du siehst, mit der unbedingten Aufrichtigkeit kann
es hapern. Wo kein Vertrauen herrscht, sät sie nur Argwohn.

Hilda. Ja, Lucie — ja!

Lucie. Mach', daß er Dir vertraut — dann bist Du
seiner sicher.

Hilda (reicht ihr die Hand; mit Empfindung). Ich will von
nun an anders denken, Lucie. Ich danke Dir.

Lucie (die Rose in das Kästchen legend). Hier schachtele ich
Dein Gewissen ein. Und bei dem geringsten Aerger, den Du
Deinem Manne machst, lasse ich es herausspringen. (Steckt das
Kästchen ein.)

Hilda (lächelnd). So böse wirst Du nicht sein. — (Warm.)
Ich will ihn versöhnen — ihn um Verzeihung bitten. — Gott,
mir ist so wohl! Ich fühle mich so erleichtert — so gehoben —

Lucie (lächelnd). Eine Treppe höher — nicht wahr? —
(Giebt ihr die Hand.) Adieu!

Hilda. Wie? Du willst fort?

Lucie. Was denkst Du? Ich bin hier nur gelitten.

9. Auftritt.

Vorige. Egbert (durch die Mitte).

Egbert (geht rasch auf Lucie zu). Endlich, Lucie, finde ich
Dich! (Zu Hilda.) Ich habe Deinen Mann gesprochen.

Hilda. Wo, Egbert — wo?

Egbert (der zwischen Lucie und Hilda steht). Oben in seiner
Wohnung.

Hilda (besorgt). Er ist wohl sehr traurig?

Egbert (lachend). Traurig? — Er hat große Damen=
gesellschaft.

Hilda. Was?! (Schnell ab durch die Mitte.)

Unverkäufliches Manuscript.

Egbert (sieht Hilda verwundert nach). Hast Du sie so weit gebracht?

Lucie. Zu dienen, mein Herr.

Egbert (entzückt). Lucie — — Du bist ein Mann!

Lucie. Und Du ein Weib.

Egbert. Weißt Du denn, was ich gethan habe?

Lucie. Nein.

Egbert. Hier auf dieser Stelle habe ich vor meinem Vater in's Wasser springen wollen!

Lucie. Hier auf dieser Stelle — das glaube ich Dir.

Egbert. Geredet habe ich — so dreist, so packend, wie ein Reichstagsabgeordneter.

Lucie. Nun? Und das Ende?

Egbert. Das Ende war, daß er mir befohlen hat, Dich zu lieben!

Lucie. Ei! — Und Du wirst gehorchen?

Egbert. Lucie — ich bin immer ein guter Sohn gewesen.

Lucie. Das weiß der liebe Himmel!

Egbert (zärtlich). Lucie! Willst Du mir jetzt einen Kuß geben?

Lucie. Das hat mir mein Papa nicht befohlen. Ich bin auch eine gute Tochter.

Egbert. Aber er wird Dir's befehlen. Er weiß Alles.

Lucie. Hast Du ihn gesprochen?

Egbert. Oben bei Marberg ist ja Dein ganzes Haus versammelt. Susanne — die Alten — sie werden gleich hier sein. (Die Arme ausbreitend.) Lucie — — ehe sie kommen!

Lucie (schelmisch). Ich traue Dir nicht.

Müller (im Nebenzimmer rechts). Ich werde mir die Freiheit nehmen, Herr Baron. Habe die Ehre, mich zu empfehlen.

Egbert. Na ja — so lange hast Du gewartet. (Faßt sie bei der Hand und zieht sie nach links.) Komm' rasch hier hinein. (Beide in die Seitenthür links ab).

10. Auftritt.

Müller (aus der Seitenthür rechts).

Müller. Die Leute sind so verstimmt. Ich konnte meinen Besuch nicht länger ausdehnen. — Hier auch Niemand mehr. Wo erwarte ich jetzt Susanne? — Das Beste wird sein, ich stelle mich unten an der Hausthür auf die Lauer. (Ab durch die Mitte.)

11. Auftritt.

Ulrich. Ottonie (aus der Seitenthür rechts).

Ulrich. Gottlob, daß der Mensch ging. Ich will heute Niemanden mehr sehen.

Ottonie. Wenn's am Wenigsten paßt, wird man am Meisten überlaufen. Ich saß wie auf Kohlen.

Ulrich. Bedanke Dich bei Hilda dafür. — Ich weiß garnicht, was aus der Sache noch werden soll? Wir sind dermaßen compromittirt —

Ottonie. Am Ende weigern sich Gotthard's jetzt auch —

Ulrich (ärgerlich). Dann soll sie der Geier holen! Ich laufe Niemandem nach.

12. Auftritt.

Vorige. Johann. Gschundner (durch die Mitte).

Johann (die Mittelthür öffnend). Ich werde Sie melden. Ah, da ist der Herr Baron. (Er läßt Gschundner eintreten und schließt die Thür.)

Ulrich. Schon wieder Jemand?

Gschundner. Guten Tag, Herr Baron.

Ulrich (kurz). Guten Tag.

Gschundner (sich vor Ottonie verbeugend). Ihr Diener.

Ulrich. Ich habe nichts für Sie.

Gschundner. Ich komme nicht deswegen, Herr Baron. (Sieht auf Ottonie.)

Ulrich. Sondern? Ich bin sehr pressirt.

Gschundner (sieht wieder auf Ottonie). Nun — — (zu Ulrich, freundlich) die neuliche Notiz unter „Städtisches" haben Sie doch gefunden?

Ulrich. Jawohl — bin außerordentlich erfreut gewesen.

13. Auftritt.

Vorige. Johann. Gotthard. Sophie (durch die Mitte).

Johann (öffnet die Mittelthür). Die Herrschaften sind hier. Wenn's gefällig ist —? (Läßt Gotthard und Sophie eintreten und schließt die Thür.)

Ulrich (geht auf Gotthard zu und reicht ihm die Hand). Ah, mein bester Stadtrath — sein Sie mir willkommen. (Zu Sophie.) Verehrte Frau — ich begrüße Sie. Ich stehe augenblicklich zu

Diensten, lieber Stadtrath — nehmen Sie inzwischen gefälligst
Platz. (Deutet auf einen Fauteuil links.) Machen Sie sich's be=
quem.

Ottonie (die Sophie begrüßt hat, nimmt diese unter den Arm
und führt sie nach rechts). Und wir wollen die Männer allein
laßen. (Mit Sophie in die Seitenthür rechts ab.)

Gotthard (setzt sich links).

Ulrich (zu Gschundner). Nun, werther Herr? Zur Sache,
wenn's beliebt.

Gschundner (mit einem Blick auf Gotthard). Es ist ver=
traulicher Natur, Herr Baron —

Gotthard (steht auf).

Ulrich (nöthigt ihn zum Sitzen). Auf keinen Fall, verehrter
Freund. Sie bleiben. (Zu Gschundner.) Ich habe keine Geheim=
niße vor diesem Herrn.

Gschundner. Wie Sie befehlen.

Ulrich. Also was bringen Sie?

Gschundner (einen Bogen Papier aus der Tasche ziehend).
Leider nichts Gutes, Herr Baron. — Der Handelsminister hat
wegen der Artikel: „Die Tyrannei des Kapitals" die Be=
leidigungsklage gegen uns angestrengt — und Herr Scherenberg
sieht sich zu seinem Bedauern gezwungen, von der Verantwort=
lichkeit, die Sie dafür übernommen haben, unter solchen Um=
ständen Gebrauch zu machen. Ich habe den schmerzlichen Auf=
trag, Ihnen dies mitzutheilen.

Gotthard (sieht Ulrich überrascht an).

Ulrich (starr). Herr, das ist nicht möglich! Meine
Artikel —?

Gschundner. Leider.

Ulrich (wie oben). Der Minister will gegen mich ein=
schreiten?

Gschundner. Nicht gegen Sie, Herr Baron — es ist ein
Schlag gegen die Zeitung.

Ulrich. Aber mich, zum Henker, soll er treffen!

Gschundner. Wir können auf der Redaktion leider Nie=
manden entbehren, sonst —

Ulrich. Herr, Ihr „leider" macht mich nervös! — Die
Klage wird hoffentlich zurückgewiesen —

Gschundner. Leider nein. Sie ist bereits eingeleitet —
(ihm das Papier überreichend) wie Sie gütigst hieraus ersehen
wollen.

Ulrich (greift haftig nach dem Papier, fliegt es durch, geht dann ein Paar Schritte heftig auf und nieder und wirft sich in den Sessel vor dem Schreibtisch). Weiter hat nichts gefehlt! — Jetzt läuft mir die Galle über! — (Mit der Faust auf den Schreibtisch schlagend.) Zum Donnerwetter, Herr, ich bin Patriot! — Wenn die Regierung keine Freunde haben will — — gut. Mag sie ohne uns fertig werden.

Gschundner. Das ist auch meine Ansicht, Herr Baron.

Ulrich. Was kann bei der Sache herauskommen?

Gschundner. Nach den Erfahrungen, die wir gemacht haben — sechs bis acht Monate Gefängniß.

Ulrich (springt auf). Was?!

Gschundner. Im ungünstigsten Falle neun Monate.

Ulrich (wüthend). Herr! — — (Faßt sich.) Aber was ereifere ich mich denn mit Ihnen! (Giebt ihm das Papier zurück.) Hier haben Sie den Wisch. Das Weitere wird sich finden.

Gschundner (auf das Papier deutend). Es ist dies ein amtliches Aktenstück, Herr Baron.

Ulrich. Was wollen Sie damit sagen?

Gschundner. Ich meine nur — — der Ausdruck „Wisch" — wir sind nicht ohne Zeugen, Herr Baron.

Ulrich. Machen Sie sich darüber keine Sorgen.

Gschundner (indem er das Papier zusammenfaltet und einsteckt). Verzeihen Sie — — es war gut gemeint.

Ulrich. Davon bin ich überzeugt.

Gschundner. Somit habe ich mich meines Auftrags entledigt — und es bleibt mir nichts weiter übrig, Herr Baron, als Ihnen auch meinerseits das lebhafteste Bedauern über Ihr Mißgeschick auszudrücken.

Ulrich. Danke, danke.

Gschundner. Die Freiheitsstrafe trifft Sie um so ehrenvoller, als Ihre Leistung eine freiwillige war —

Ulrich. Ich bin Ihnen für den Trost sehr verbunden.

Gschundner. Wer keine Familie, keine Kinder mehr hat — — die Baronesse war ja wohl das einzige, wenn ich fragen darf —?

Ulrich. Ja. — Wünschen Sie sonst noch etwas?

Gschundner. Ich selbst bin Familienvater, Herr Baron — ich habe meinem Berufe mehrfach das Opfer bringen müssen, mich von den Meinigen zu trennen — — aber was thut man nicht Alles, um seine materielle Lage zu verbessern?

Ulrich. Ich verstehe Sie nicht.

Gschundner. Ich meine nur, daß unsereinem zur Gewohnheit geworden, was Ihnen doch immerhin einige Störung bereitet. Und im Falle diese Ihnen unbequem wäre — — wie gesagt, ich habe eine große Familie — vielleicht sind Sie nicht abgeneigt —

Ulrich. Sie meinen, Sie für mich eintreten zu lassen.

Gschundner. Es kommt Ihnen ja wohl auf eine Kleinig= keit nicht an.

Ulrich. Das ließe sich hören. Was nennen Sie eine Kleinigkeit?

Gschundner. Ich habe acht Kinder, Herr Baron.

Ulrich. Was kümmern mich Ihre Kinder?

Gschundner. Und hatte zwei Frauen, mit denen lang= wierige Scheidungsprocesse mein Vermögen verschlangen —

Ulrich. Ich erlasse Ihnen die Details. Was fordern Sie?

Gschundner. Nun — ich dachte fünftausend Mark.

Ulrich. Herr, sind Sie verrückt? — Fünftausend Mark! Wo denken Sie hin? Wenn ich die im Vermögen hätte, würde ich nicht gegen die Thrannei des Kapitals schreiben.

14. Auftritt.

Vorige. Johann, Prätorius, Margarethe, Susanne (durch die Mitte).

Johann (die Mittelthür öffnend). Belieben Sie, hier ein= zutreten. (Läßt Prätorius, Margarethe und Susanne eintreten, und schließt die Thür.)

Prätorius. Wir kommen nur, uns von Ihnen zu ver= abschieden, Herr Baron —

Ulrich (zerstreut). Sehr angenehm — (sich verbessernd) ich wollte sagen, sehr schade. Bedaure, daß wir nicht länger das Vergnügen haben. Meiner Frau wird es sehr leid thun — — (sie nach rechts geleitend) wenn Sie gestatten, führe ich Sie zu ihr. Haben Sie die Güte, mir zu folgen. (Ab Seitenthür rechts.)

Prätorius, Margarethe, Susanne (ab Seitenthür rechts).

Gotthard (aufstehend). Sie werden beim Baron nichts erreichen.

Gschundner. Ich habe das Meinige gethan. Wenn ihm die Sache nicht so viel werth ist —?

Gotthard. Schwerlich.

Gschundner. Ich hielt den Baron für vermögend.

Gotthard. Sonst hätten Sie vielleicht, weniger gefordert.

Gschundner (zuckt die Achseln).

Gotthard. Versuchen Sie's einmal mit einer bescheidneren Summe.

Gschundner. Man hält gern auf Preise. — Und neun Monate sitzen — — man will auch nicht gerade Schaden machen.

Gotthard. Vielleicht lassen Sie mit sich reden. — (Eine Brieftasche hervorziehend.) Ich komme da eben von der Bank — — was meinen Sie, wenn wir die Sache unter uns abmachten? (Zeigt einen Tausendmarkschein.) Ich würde diesen jungfräulichen Tausendmarkschein opfern. — Entschließen Sie sich. Schnell.

Gschundner. Mich rührt Ihre noble Gesinnung. — Legen Sie wenigstens etwas zu.

Gotthard (thut, als ob er den Schein wieder einstecken wollte). Nichts.

Gschundner (streckt den Arm aus). Geben Sie her.

Gotthard (zum Schreibtisch gehend). Nur eine kleine Quittung möchte ich mir erbitten. Hier ist Papier. Schreiben Sie gütigst.

Gschundner (setzt sich vor den Schreibtisch und nimmt eine Feder zur Hand). Mit Vergnügen.

Gotthard (dictirt). „Ich — —" Ihr Name —

Gschundner (sieht ihn an). Ah — Sie wollen dictiren.

Gotthard. Der Einfachheit wegen.

Gschundner. Mir auch recht. (Schreibt und liest.) „Ich, Carl Gschundner, Schriftsteller —"

Gotthard (dictirend). „Quittire hiermit über den Empfang von tausend Mark — und erkläre aus freien Stücken — die in der Reichszeitung incriminirten Artikel: „Die Tyrannei des Kapitals" — als Verfasser vertreten zu wollen."

Gschundner (während er schreibt). Bravo.

Gotthard (dictirend). „Sollte ein Anderer als ich zur Ver= antwortung gezogen werden —"

Gschundner (sieht ihn an). Wie?

Gotthard. Bitte, schreiben Sie.

Gschundner (nachdem er geschrieben). „Gezogen werden —" Nun?

Gotthard (dictirend). „So habe ich obige Summe dem Geber baar zu erstatten."

Gschundner (sieht ihn pfiffig lächelnd an). Sie sind ein Mann der Vorsicht. — (Schreibt.) Aber meinethalben. (Liest.) „Baar zu erstatten." — Fertig?

Gotthard. Bis auf Datum und Unterschrift.

Gschundner (schreibt und steht dann auf). In Ordnung.

Manuscript not for sale.

Gotthard (giebt ihm das Geld). Darf ich bitten?

Gschundner (nachdem er das Geld eingesteckt hat). Hätte ich übrigens gewußt, daß Sie sich dermaßen verclausuliren, so würde ich die Bagatelle nicht angenommen haben. Die Tyrannei des Kapitals macht uns eben Alle zu Lumpen. — Adieu. (Ab durch die Mitte.)

Gotthard (allein). Mit dem Manne möchte ich nicht in nähere Geschäftsverbindung treten.

15. Auftritt.

Gotthard. Ulrich (aus der Seitenthür rechts).

Ulrich. Ich weiß nicht mehr, wo mir der Kopf steht. (Sich umsehend.) Wo ist der Mensch?

Gotthard. Er hat sich empfohlen.

Ulrich. Auch gut. Ich bin auf Alles gefaßt.

Gotthard. Ich habe Sie unwissentlich gekränkt, Herr Baron.

Ulrich. Wieso?

Gotthard. Wenn ich hätte ahnen können, daß die Artikel aus Ihrer Feder waren —

Ulrich. Würden Sie den lauten Beifall unterdrückt haben. Reden wir nicht mehr davon. (Setzt sich vor den Schreibtisch.) Mir liegen andere Dinge am Herzen. Ich habe — (sein Blick fällt auf das Papier; er nimmt es auf und liest) was ist denn das? (Ueberfliegt die Schrift und sieht Gotthard in sprachlosem Erstaunen an. Nach einer Weile verklärt sich sein Gesicht und er lächelt.) Haben Sie das realisirt?

Gotthard. Ich glaubte in Ihrem Sinne zu handeln.

Ulrich (zögernd, doch freundlich). Aber Freundchen — tausend Mark? Ohne meine Vollmacht?

Gotthard. Ich habe die günstige Conjunctur benutzt.

Ulrich. Mir hätt' er's für die Hälfte gemacht.

Gotthard. Nun, die Differenz kommt selbstverständlich auf mein Conto.

Ulrich. Was Differenz! Von solchen Kleinigkeiten spricht man garnicht. Sie haben's gemacht — und damit basta. (Aufstehend.) Hätte nie geglaubt, daß ich meine Artikel so anständig bezahlen würde. Werde Ihnen die Auslage sofort vergüten.

Gotthard. Aber lieber Baron, das hat ja gar keine Eile.

Ulrich (faßt in die Brusttasche). In Geldsachen liebe ich Pünktlichkeit.

Gotthardt. Aber wozu das, bester Baron? Ich kann ja die Kleinigkeit bei der Aussteuer verrechnen.

Ulrich. Da haben Sie Recht. Es ist das Einfachste.

Gotthard. Geben Sie mir Ihre Hand —

Ulrich (breitet die Arme aus). Nein, umarmen Sie mich. Sie sind ein Aristokrat. Wir passen zusammen. — (Sie umarmen sich.)

16. Auftritt.

Vorige. Ottonie, Sophie, Prätorius, Margarethe, Susanne (aus der Seitenthür rechts).

Ottonie (die Gruppe bemerkend). So ist's recht!

Ulrich (auf Sophie zugehend). Auch Sie, Frau Stadtrath, heiße ich als Glied unserer Familie willkommen. (Zu Gotthard.) Darf ich ihr einen Kuß geben?

Gotthard (auf Ottonie deutend). Wenn Sie gestatten, daß ich mich revanchire?

Ulrich. So viel Sie wollen.

Ottonie (zu Sophie). Wir werden garnicht gefragt. Was sich die Männer einbilden!

Ulrich } (umarmt Sophie). Verehrte Frau —
Gotthard } (umarmt Ottonie). Frau Baronin —

Susanne (hat sich inzwischen traurig in den Erker an's Fenster gesetzt und sieht hinaus).

17. Auftritt.

Vorige. Egbert, Lucie (aus der Seitenthür links).

Egbert (auf die Alten deutend). Wirst Du mir nun glauben?

Ulrich. Wo waret Ihr Beiden?

Egbert. Wir haben unsere Verlobung gefeiert.

Lucie (auf Ulrich zueilend). Dürfen wir denn?

Ulrich (küßt Lucie). Mein liebes Kind!

Egbert. Hier umarmt sich Alles — und Lucie hat mir noch keinen einzigen festen Kuß gegeben.

Unverkäufliches Manuscript.

Lucie (zu Egbert). Lügenmaul!

(Gotthard, Sophie, Ulrich und Ottonie beglückwünschen das Brautpaar.)

Margarethe (von rechts, leise zu Prätorius, nachdem sie besorgt auf Susanne geblickt). Unser Kind hat sich seit gestern ganz abgehärmt, Anton. Vielleicht haben wir doch Unrecht gethan —

Prätorius (leise). Wenn er es ernst gemeint hätte, wäre er wiedergekommen.

Margarethe (wie oben). Du hast ihm eben jede Hoffnung geraubt.

Prätorius (wie oben). Ich kann ihn doch nun nicht unter „Verlorenes" in den Zeitungen bekannt machen.

137

18. Auftritt.

Vorige. Thomas (durch die Mitte).

Ulrich (zum eintretenden Thomas). Was giebt's?

Thomas. Der Herr Graf läßt fragen, ob er genehm wäre. Er reist in einer Stunde nach Paris.

Ottonie (wehmüthig). Der einzige Mißton in unserer Freude! Mein Gott, was wird Hilda sagen!

19. Auftritt.

Vorige. Marberg, Hilda (durch die Mitte).

Marberg (hat bei den letzten Worten die Thür geöffnet, und erscheint Arm in Arm mit Hilda). Die reist natürlich mit.

Ulrich }
Ottonie } (sehr erstaunt). Wie?!

Thomas (geht durch die Mitte ab).

Marberg (kommt mit Hilda vor).

Ottonie (tritt zwischen Marberg und Hilda, und ergreift deren Hände). Meine Kinder! Wer hat das über Euch vermocht?

Ulrich. Wer anders als ich.

Hilda (freudig). Nein, Papa — Du nicht.

Ulrich. So? Wer denn?

Hilda (auf Lucie zeigend). Hier steht unser guter Geist.

Ulrich. Meine Schwiegertochter? — (Zu Ottonie.) Habe ich Dir nicht immer gesagt, das Mädchen ist eine Perle?

Hilda (glücklich). Er hat mir Alles vergeben, Lucie.

Marberg (zu Egbert, stolz). Hörst Du's? Ich habe ihr alle meine Fehler vergeben.

Susanne (die bisher, von Keinem beachtet, im Erker saß, springt plötzlich auf und stößt einen Freudenschrei aus; sehr laut). Ha!

Alle. Was giebt's? Was ist geschehen?

Susanne (sehr aufgeregt). Herr Müller steht da unten auf der Straße.

Hilda. Er soll heraufkommen. Schnell.

Lucie (zu Ulrich, bittend). Ach ja, Schwiegerpapa — darf er?

Ulrich. Ich habe garnichts dagegen. Ich dachte, es wäre ein Unglück passirt.

Susanne (reißt das Fenster auf und ruft hinunter). Waldemar! Waldemar! Du sollst kommen.

Prätorius (erstaunt zu Margarethe). Waldemar?!

Margarethe (ebenso zu Prätorius). Du sollst kommen?

Prätorius. Sie meint ihn.

Margarethe (verwundert). Susanne! Was bedeutet das?

Susanne (kommt in größter Verlegenheit den Erker herab; schüchtern). Ja — — wir sind schon seit längerer Zeit verlobt.

Margarethe (zu Prätorius). Na, da hast Du's.

Prätorius (zu Margarethe). Wenn wir davon eine Ahnung gehabt hätten!

Ulrich (zu Prätorius). Ja, ja, alter Freund, die Eltern sind für die heutigen Kinder ein Luxusartikel.

20. Auftritt.

Vorige. **Müller** (durch die Mitte).

Müller (fliegt auf Susanne zu). Meine Susanne!

Susanne (an seinem Halse). Waldemar!

Müller (zu Ulrich). Verzeihen Sie, Herr Baron, daß ich so unangemeldet eintrat.

Ulrich. Bitte, bitte. Wenn ich in Ihrem Alter ein hübsches Mädchen küssen konnte, habe ich auch keine Umstände gemacht. Bin leider nie dazu gekommen.

Ottonie. Du?! War ich als Braut etwa nicht hübsch?

Ulrich. Ja — — aber Du hast schon stark gelitten.

8*

Prätorius } (haben inzwischen Müller und Susanne beglück=
Margarethe } wünscht).

Müller. Meine Susanne! Wie war Dir nur gestern, als ich so verdächtigt vor Dir stand?!

Susanne. Ach, Waldemar — ich hätte mich in Dein Herz verkriechen mögen.

Müller (zu Prätorius und Margarethe). Und Sie, Herr Prätorius — verehrte Frau — Sie willigen ein?

Prätorius (sehr freundlich). Aber warum denn nicht? Sie sind ja ein höchst anständiger Mensch — wenn ich mich so aus= drücken darf.

(Der Vorhang fällt.)

Ende.

Hergestellt in der Officin von R. Boll, Berlin 1887.